소년 프로파일러와
기숙학원
테러사건

소년 프로파일러와 기숙학원 테러사건

청소년 성장소설 십대들의 힐링캠프, 심리(불안)

[십대들의 힐링캠프®] 시리즈 NO.31

지은이 | 박기복
발행인 | 김경아

2021년 5월 15일 1판 1쇄 인쇄
2021년 5월 18일 1판 1쇄 발행

이 책을 만든 사람들
책임 기획 | 김경아
기획 | 김효정
북 디자인 | KHJ북디자인
표지 삽화 | 발라
교정 교열 | 좋은글
경영 지원 | 홍종남

이 책을 함께 만든 사람들
종이 | 제이피씨 정동수 · 정충엽
제작 및 인쇄 | 천일문화사 유재상
베타테스터 | 최민서(서울 해누리중학교 1학년)

청소년 기획위원
정가인, 양태훈, 양재욱

펴낸곳 | 행복한나무
출판등록 | 2007년 3월 7일. 제 2007-5호
주소 | 경기도 남양주시 도농로 34, 부영e그린타운 301동 301호(다산동)
전화 | 02) 322-3856 팩스 | 02) 322-3857
홈페이지 | www.ihappytree.com
도서 문의(출판사 e-mail) | e21chope@daum.net
내용 문의(지은이 e-mail) | yesreading@gmail.com
※ 이 책을 읽다가 궁금한 점이 있을 때는 지은이 e-mail을 이용해 주세요.

ⓒ 박기복, 2021
ISBN 979-11-88758-32-6
"행복한나무" 도서번호 : 133

소년 프로파일러와
기숙학원
테러사건

| 박기복 지음 |

행복한
나무

불안은 영혼을 잠식하여
진청의 그림자를 드리우고
단꿈에 마음은 침식되어
깨지 않을 긴 잠에 든다

「불안은 영혼을 잠식한다」(노래 김윤아)

* 잠식(蠶食) : 차츰차츰 먹혀 들어감.
* 진청(陳請) : 사정을 말하며 간절하게 부탁함.
* 침식(侵蝕) : 외부에 의해 세력이나 범위가 점점 줄어듦.

차례

등장인물 소개

생활관 남203호

문수 • 처음에는 학원 규칙을 따르지 않지만 어떤 일을 계기로 180도 바뀌는 학생. 메밀에 급성 알레르기(아나필락시스)를 일으킨다.

재오 • 성실하고 재수하고 철두철미하게 생활하는 학생. 건강 염려증과 결벽증이 있다.

동훈 • 걱정이 많고 우유부단하며 끊임없이 방황하는 학생. 걱정이 깊어지면 불면증이 심해진다.

연규 • 소속을 싫어하고 자기 방식대로 공부하려는 자유분방한 학생. 학원 지침에 충실한 재오와 문수를 몹시 싫어한다.

시연 • 기숙학원에 적응하지 못하고 떠나간 학생. 5월까지 지내다 사건이 발생했을 때에는 기숙학원에 없었다.

생활관 남204호

선우 • 남 앞에 나서기 좋아하고 리더십도 갖춘 반장. 학원 지침을 따르면서도 때로는 학생들 편에 서서 의견을 제시한다.

희수 • 기숙학원에 들어와서 충실히 생활하는 학생. 이성식 선생을 좋아하고 충실히 따른다.

민권 ● 김동연 형사에게 동생과 관련한 사건을 조사받는 학생. 느긋한 성향이지만 학원 지침은 충실히 따른다.

찬영 ● 불성실하게 재수하는 학생. 게으르고 제멋대로다.

생활관 여203호

민아 ● 남자들이 좋아할 외모와 성격으로 문수와 몰래 사귀는 학생. 문수와 사이가 틀어지면서 기숙학원 생활에 어려움을 겪는다.

정혜 ● 새우에 아나필락시스 반응을 일으키는 학생. 자신과 비슷한 처지면서도 즐겁고 당당한 문수를 부러워한다.

기숙학원 관계자

이성식 ● 카리스마 넘치고 실력이 뛰어난 기숙학원 국어 선생이다.

간호사 ● 철두철미한 성격으로 학생들 처지에 맞게 상담하고 건강을 관리해준다.

CCTV 관리자 ● 기숙학원의 최첨단 감시시스템을 관리한다.

프로파일러

홍구산 ● 프로파일러를 꿈꾸는 열다섯 살 중학생.

이슬비 ● 홍구산의 여자 친구로 아픈 상처를 안고 사는 재벌가 손녀.

김동연 ● 이슬비 납치사건을 계기로 홍구산과 가깝게 지내는 청소년 사건 전담 형사.

악몽에 붙들린 새벽

짙은 밤, 낡은 조명 아래 반찬이 하나씩 늘어난다. 불에 달궈진 채소와 고기는 뜨거운 기운을 머금고 먹음직스러운 숨결을 내쉰다. 소고기가 듬뿍 든 미역국과 윤기가 흐르는 흰밥이 따뜻한 김을 내며 입맛을 돋운다. 엄마가 수저와 젓가락을 식탁에 놓는다. 엄마 손이 흰밥보다 하얗다.

🗨 슬비야 먹어야지.

🗩 기다릴 거야.

🗨 누굴 기다려.

🗨 아빠 올 때까지 기다릴 거야.

🗨 먼저 먹어 괜찮아.

🗨 아니야 아빠랑 같이 먹을 거야.

🗨 빨리 먹으라니까.

🗨 내 생일이잖아.

🗨 그러니까 먹으라고.

🗨 엄마 왜 그래 아빠랑 같이 먹는다니까.

🗨 아빠는 안 와. 아빠는 떠났어.

🗨 어디로 갔는데 왜 안 와?

🗨 날 배신했어. 나를 평생 지켜주겠다더니.

거친 숨소리가 들리고 엄마 얼굴이 어둠에 잠식당한다.

🗨 엄마 얼굴이 안 보여.

🗨 엄마 얼굴이 안 보여.

🗨 엄마 얼굴이 안 보인단 말이야.

엄마 얼굴을 찾으려고 일어나려는데 목 뒷덜미를 억센 손이 움켜잡는다. 뒷덜미를 누른 힘이 슬비를 하얀 밥으로 밀어넣는다. 하얀 사막으로 온 시야가 뒤덮인다. 가냘픈 엄마 손이 수저를 잡는다. 엄마 손에 까만 점이 나타난다. 점이 움직인다. 점이 아니라 벌레다. 손톱 사이로 작은 벌레가 기어 나온다. 한 마리, 두 마리, 세 마리, 네 마리, 벌레들이 점점 늘어난다. 벌레가 손끝을 타고 손등으로 오른다. 푸른 핏줄이 도드라지고 벌레가 핏줄을 향해 파고든다. 꾸물꾸물 징글징글 점점 살갗이 헤지며……

"아아아악!"

벌떡 일어나며 손바닥으로 손등을 내리쳤다. 쾌적한 공기, 빛 한 줌 없는 어둠, 간질거리는 손등, 서늘한 근질거림이 손목을 타고 팔뚝으로 올라왔다. 슬비는 팔뚝을 박박 긁다가 발을 버둥거리며 몸부림을 쳤다. 침대를 박차고 나와 황급히 방문을 열었다. 문이 열리자 조명이 밝아지며 슬비를 비췄다. 슬비는 손등과 팔뚝을 미친 듯이 쓸어내리더니 두 손으로 팔뚝을 움켜쥐고는 부들부들 떨었다.

번쩍!

갑자기 집 전체가 밝아졌다. 우당탕탕 뛰어오는 소리가 들리고, 검은 정장을 입은 경호원과 잠옷을 입은 가사 도우미 아주머니가 나타났다.

"아가씨, 왜 그러세요??"

"아휴, 이 땀 좀 봐."

도우미 아주머니가 슬비를 보며 안쓰러워했다.

"또 악몽을 꾸셨나 봐요."

도우미 아주머니가 슬비를 부엌으로 데리고 가 따뜻한 음료수를 만

들어 주었다. 허겁지겁 음료수를 마시다가 슬비는 잔기침을 했다. 잔기침이 잦아들 때까지 남은 음료수를 마저 마신 슬비는 실눈을 뜨고 빈 잔을 만지작거렸고, 아주머니와 경호원은 걱정스럽게 지켜보았다. 적막한 부엌에는 가는 숨소리만 들렸다.

"고마워요."

잔을 내려놓으며 자리에서 일어난 슬비는 발을 질질 끌며 힘겹게 자기 방으로 걸어갔다. 도우미 아주머니와 경호원은 몇 걸음 뒤에서 따라갔다. 방문을 열고 들어가려던 슬비는 문손잡이를 잡은 채 잠시 고민에 잠겼다. 눈동자가 심하게 흔들렸다. 손잡이를 잡은 손이 파르르 떨렸다.

"저, 차 좀 준비해줘요."

"네, 무슨 차로 준비할까요?"

도우미 아주머니가 물었다.

"마시는 차 말고……. 밖에 나가고 싶어요."

슬비는 왼손으로 오른 팔뚝을 주물렀다. 가냘픈 팔뚝이 가늘게 떨렸다.

"2시 30분인데, 어디를 가시려고?"

경호원이 시계를 확인하고는 이맛살을 찌푸렸다.

"답답해서 그래. 준비해줘."

슬비가 말투를 반말로 바꾸자 경호원은 찌푸린 얼굴을 재빨리 폈다.

"네! 준비하겠습니다."

슬비는 방으로 들어가더니 옷을 갈아입고 나왔다. 경호원은 차가 준비되었다고 보고하고, 슬비를 자동차가 대기하는 주차장으로 호위했다. 고급 승용차 옆에 남자 경호원 둘이 대기하고 있었다. 슬비가 뒷좌석에 타자 여자 경호원이 그 옆으로 탔으며, 운전석과 보조석에는 남자 경호원들이 각각 올라탔다.

"어디로 모실까요?"

"일단 그냥 나가주세요."

주차장 문이 자동으로 열리고 자동차가 밖으로 나왔다. 주차장을 빠져나온 차는 느리게 움직이다 거대한 철제문 앞에서 멈추었다. 높게 치솟은 기둥에서 빨간 불빛이 차를 훑고 지나가자 철제문이 서서히 열렸다. 자동차는 철제문을 빠져나와 도로를 달렸고, 검은 차 한 대가 그 뒤를 따랐다.

슬비는 뒷좌석 창문에 기댄 채 바깥 풍경을 물끄러미 바라봤다. 어둠과 조명이 자동차 속도에 맞춰 뒷걸음질쳤다.

"구산이한테 가요."

"네?"

옆에 있던 여 경호원이 못 알아듣고 되물었다.

"구산이한테 갈 거라고요."

"이 시간에……."

"가라고 하면 가요."

슬비가 차갑게 말했다.

"알겠습니다."

경호원은 공손히 대답했다.

"임 기사님, 정암 임대아파트 2단지로 가세요."

"네, 알겠습니다."

자동차는 사거리에서 우회전하며 정암 임대아파트 쪽으로 움직였다.

"목적지, 정암 임대아파트 2단지, 정암 임대아파트 2단지."

여자 경호원은 손목에 찬 시계에 대고 말했다.

"정암 임대아파트 2단지! 목적지 확인!"

뒤따라오는 경호 차량에서 알았다는 연락이 왔다.

낡고 값싼 차가 빼곡한 임대아파트 주차장에 고급 승용차 두 대가 멈춰섰다. 슬비가 차에서 내리자 경호원 두 명이 따라 내렸다. 뒤따라온 차에서는 경호원 세 명이 내렸다. 두 명은 슬비 옆에 바짝 붙어서 경호를 했고, 나머지 세 명은 떨어져서 주변을 경계했다.

슬비는 경호원들에게는 눈길도 주지 않은 채 빠른 걸음으로 아파트 단지 안으로 걸어갔다. 머뭇거리지 않고 성큼성큼 걷던 슬비는 구산이 사는 207동 현관 앞에서 발걸음을 멈췄다. 그러고는 207동을 올려다봤다. 구산이 사는 703호에는 어둠뿐이었다. 한참을 응시하던 슬비는 발길을 돌리더니 낡은 놀이터 귀퉁이에 놓인 벤치로 갔다. 차가운 벤치에 앉은 슬비는 구산이 사는 703호만 하염없이 바라보았다. 경호원 둘은 좌우에 서서 슬비를 지켰다. 슬비는 꿈쩍도 않고 긴 어둠을 흘려보냈다.

"연락을……, 해볼까요?"

답답함을 느꼈는지 경호원이 물었다.

"하지 마. 예의가 아니잖아. 난 그냥 이렇게 있어도 좋아."

정암산 산마루로 밝은 빛이 올라올 때까지 슬비는 그대로 앉아 꼼짝
도 안 했다.

새벽을 깨우는 사람들이 한 명씩 나타났다. 그들은 검은 옷을 입은
사람들을 보자 겁을 먹고 슬슬 피했다. 슬비는 겁먹은 사람들을 물끄
러미 보더니 자리에서 느릿하게 일어났다.

"날이 밝아오니, 이제 연락을 해볼까요?"

경호원이 물었다.

"됐어요."

슬비는 힘없이 고개를 저었다.

"구산이한테 이런 꼴 보이고 싶지 않으니까."

슬비는 703호 쪽을 다시 한 번 올려보더니 몸을 돌렸다. 경호원 다
섯이 슬비와 같이 움직였다. 그때 부드러운 여자 목소리가 슬비 발길
을 붙잡았다.

"거기, 슬비 아니니?"

슬비가 몸을 틀었다.

"맞구나! 검은 양복이 둘러싸고 있어서 넌 줄 알았어."

목소리가 참 다정했다.

"그나저나 이 새벽에 웬일이야?"

갑자기 슬비 눈에서 눈물이 글썽거렸다.

"이런……."

슬비는 후다닥 뛰어가서 구산이 엄마 품에 안겼다. 엄마는 슬비를 따뜻하게 안아주었다. 슬비는 그 품에 안긴 채 진한 눈물을 차가운 땅 위에 오래도록 떨구었다.

* *

나는 슬비가 돌아간 뒤에야 그 이야기를 엄마에게 들었다.

"나 깨우지."

"퉁퉁 부은 얼굴을 보이기 싫대."

"그게 뭐 어때서."

"여자는 좋아하는 사람에게는 예쁜 모습만 보여주고 싶은 법이야."

"엄마, 그것도 다 편견이야. 그나저나 새벽 3시에 왔다면서 바로 연락하지 왜 안 했대? 앞으로는 그냥 연락하라고 말했어?"

"안 그래도 또 힘들면 예의 차리지 말고 그냥 연락하라고 했어. 괜찮으니 미안해하지 말라고."

"역시 우리 엄마야."

"슬비가 밤에 자꾸 악몽을 꾸나 봐."

"악몽 얘기는 나도 여러 번 들었어. 엄마 아빠로 인한 상처가 슬비

마음에 큰 어둠을 만들어서 그래. 아빠는 죽고, 엄마는 정신병원에 있으니…….”

“너, 잘해라. 슬비 남자친구는 아무나 못 한다.”

“안 그래도 슬비가 자기 할아버지 별장으로 휴가 가자고 계속 졸랐는데……. 한번 다녀와야겠지?”

“그거 좋은 생각이네.”

“엄마는 휴가도 못 가는데…….”

“우리 둘이는 나중에 따로 청남산 계곡으로 놀러 가면 되잖아. 엄마는 그런 걸로 하나도 안 섭섭하니까 슬비에게 힘 팍팍 주고 와.”

그렇게 나는 슬비와 함께 별장으로 여름휴가를 떠나게 되었다.

맑은 물과 푸른 산에 들어선 멋진 별장이었다. 국수 가게를 하느라 늘 바쁜 엄마를 두고 나만 휴가를 즐겨서 미안했지만, 슬비와 보내는 시간은 무척 즐거웠다.

나흘째 되는 날 늦은 오후였다. 노을을 구경하며 길을 따라 산책을 하는데 낡은 자동차 한 대가 멈춰 섰다. 차창이 내려가고 익숙한 얼굴이 나타났다.

“김 형사님! 여긴 웬일이세요?”

“구산이 너야말로 웬일이냐?”

“저야 놀러 왔죠.”

“어, 슬비도 있네?”

"안녕하세요?"

"그래, 여전히 예쁘구나."

"감사합니다."

김동연 형사는 슬비가 납치당한 사건을 계기로 알게 된 청남경찰서 경찰이다. 그 뒤로 종종 연락도 하고, 필요한 도움을 서로 주고받는다.

"김 형사님도 휴가 오셨어요?"

"휴가가 이 세상에 있다는 건 알지."

"크크, 우리 이모도 늘 그렇게 말하는데."

"아 참! 네 이모도 경찰이라고 했지? 동병상련이구나."

우리 이모는 경찰이다. 이모는 엄마와 달리 강하고 굳세다. 엄마는 항상 감정에 이끌려 행동하지만, 이모는 철저하게 상황을 분석하고 판단해서 움직인다. 나는 엄마보다는 이모와 닮은 점이 더 많다.

"지금 바쁘지 않으면 잠깐 저희랑 놀다 가세요."

"안 그래도 조사 마치고 돌아가는 길이긴 한데…"

"저희 곧 저녁 먹어요. 같이 식사라도 하고 가세요."

슬비가 말했다.

"슬비가 그렇게 말하니, 그럴까?"

그렇게 해서 김동연 형사와 별장에서 저녁 식사를 함께했다. 야외에서 숯불에 고기를 구워 먹으면서 김 형사는 감탄사를 거듭하며 즐거워했다. 밖에서 고기를 구워 먹은 뒤 별장 안으로 들어가서 시원한 음료수를 마시며 이야기를 나눴다. 그러다 우연찮게 요즘 맡은 사건에 관한 대화가 오갔다.

"조금 더 올라가면 산속에 기숙학원 있는 거 알지? 거기 다녀왔어."

"짐작은 했어요. 이곳이 관할이 아니니 기숙학원에서 일어난 사건을 조사하러 오셨을 리는 없고, 다른 사건 참고인 조사를 하러 오셨겠죠."

"쩝! 맞으면 좋겠지만, 이번엔 우리 소년 프로파일러께서 틀리셨네."

"여기는 관할도 아닐 텐데……, 왜?"

"그게, 한 달쯤 전에 네 말대로 참고인 조사를 하러 왔었어. 너도 알잖아, 그 도박사건!"

"아, 그거요."

"그 사건에 관련된 여자애 오빠가 저쪽 산속에 있는 프리덤 기숙학원에서 재수하거든."

"설마, 그 기숙학원에서 무슨 사건이 터진 건가요?"

"하여튼 눈치는 빨라."

"표정을 보니 잘 안 풀리시는 모양이군요."

"안 풀리는 정도가 아니라 된통 꼬였어. 용의자는 금방 좁혀졌는데, 진척이 없어. 용의자 모두 범죄를 저지를 만한 동기가 있고, 범죄를 저지를 기회는 있었거든. 근데 증거가 없네. 재수생들이라 세게 조사도 못 하고. 학원은 비싼 변호사 붙여서 조사할 때마다 사사건건 간섭하고, 아무튼 답답해."

소년 프로파일러와 기숙학원 테러사건

나는 호기심이 발동했다. 김동연 형사에게 사건 얘기는 종종 듣지만, 용의자는 있는데 범인은 특정하지 못하는 사건은 들어본 적이 없기 때문이다. 처음에 김동연 형사는 괜히 재미있게 노는데 무거운 얘기는 하기 싫다며 대충 넘어가려 했지만, 한두 마디씩 설명을 이어가다가 점점 살을 덧대며 사건 전반을 자세히 들려주었다. 그렇다고 김동연 형사가 민감한 정보까지 모두 알려준 것은 아니다. 이름은 전부 가명을 사용했고, 수사 기밀에 속한 정보는 알려주지 않았다. 그런데도 사건 실체는 충분히 헤아릴 만했다.

　사건을 세밀하게 파악하면 할수록 김동연 형사가 골치 아파할 만하다는 생각이 들었다. 용의자는 분명한데 범인은 불분명했다. 동기는 확실한데 명확한 증거는 없었다. 흥미로우면서도 골치 아픈 사건이었다.

나는 감시자다

중앙통제실 근무자

  그 일이 터진 날, 나는 여느 때와 똑같이 오후 2시 45분에 출근했다. 근무복으로 갈아입고 출입증을 착용한 뒤 CCTV 중앙통제실로 갔다. 학습관 지하 1층에 자리한 중앙통제실은 기숙학원 내 거의 모든 곳을 감시하는 곳이다. 친구들은 내가 통제실에서 CCTV만 들여다보니 편하겠다고 부러워하는데 전혀 그렇지 않다. 왜냐하면 CCTV 감시망을 설치한 까닭이 사고 예방이 아니라 학습지도에 있기 때문이다. 내가 하는 일을 대략 소개하면 이렇다.

  수업시간에 집중하지 못하는 학생이 보이면 찾아내서 다른 교과 담당 선생과 담임에게 알려준다. 이전과는 다른 학습태도를 보이거나,

학원에서 부여한 과제를 안 하거나, 공부하는 방식이 정도에서 벗어나도 곧바로 담임에게 알린다. 학생끼리 갈등을 빚는 조짐이 보이거나, 연예를 하려는 낌새가 나타나면 생활지도 선생님에게 해당 영상을 보낸다. 일이 이러니 감시망이 촘촘하고 관리할 영상이 아주 많다. 생활관과 화장실 등 극히 일부를 빼고는 기숙학원 내 모든 곳을 CCTV가 찍는다.

CCTV 성능도 매우 뛰어나다. 미세한 얼굴 표정도 잡아낼 만큼 화질이 우수하다. 카메라 제어기능이 장착되어 좌우상하로 자유롭게 초점 이동이 가능하다. 예를 들어 어떤 학생이 수업에 집중하지 않고 딴짓을 하는 조짐이 보인다고 하자. 그러면 적절한 카메라 한 대를 선택해 초점을 그 학생에게 맞춘다. 워낙 성능이 뛰어나서 어떤 글씨를 쓰는지도 알아볼 수 있다. 공부 태도가 지속해서 문제라고 판단되면 집중 감시에 들어간다. 그러면 수업과 자습뿐 아니라 일상생활까지 자동으로 카메라가 따라가면서 찍는다. 학원이 금지하거나 위험하다고 정해 놓은 행위가 나타나면 근무자가 곧바로 알아채도록 화면이 커지고, 신호가 울린다.

이미 짐작했겠지만, 감시망을 관리하는 중앙통제 컴퓨터에는 인공지능과 안면인식 기술까지 장착되어 있다. 인공지능을 활용한 자동감시망이 작동되기는 하지만 공부 태도와 자세까지 섬세하게 잡아내는 데는 능동감시자인 사람이 필요하다. 아직 인공지능 성능은 사람이 관찰해서 파악해내는 미세한 정보까지 알아내지는 못하기 때문이다.

기숙학원에서 공부하는 남녀 학생은 각각 144명, 총 228명이다. 나는 남자 동료와 함께 2인 1조로 144명 남학생을 감시하고, 여학생은 여성 근무자가 별도로 감시한다. 따라서 144명이나 되는 학생들 상황과 정보를 세밀하게 기억하고, 학원 학습지침도 정확히 이해해야만 업무 수행이 가능하다. 하루 8시간 근무인데, 몇몇 틈새 시간을 빼고는 화면에서 눈을 떼면 안 된다. 노동 강도가 생각보다 세다. 그래도 만족감은 높다. 힘들지만 힘든 만큼 다른 곳보다 임금을 많이 주기 때문이다.

  2시 50분, 통제실 화면에는 3교시 수업을 마치고 분주하게 움직이는 학생들이 보였다. 1, 2, 3교시는 반끼리 변화가 없는 국어, 수학, 영어 수업을 번갈아 하기에 감시하기가 편하다. 3시부터 5시 30분까지는 한국사, 탐구, 외국어 등 과목을 각자 선택해서 수업을 받기 때문에 1, 2, 3교시보다 감시하기가 복잡하다. 더구나 인터넷 강의를 듣거나 자율학습을 하는 학생도 있어서 신경을 곳곳으로 분산해야 한다.

  3시가 되자 모든 움직임이 멈추었다. 학생들은 각자 있어야 할 곳에 자리했다. 인공지능이 사전에 입력한 공부 장소와 실제 참가자가 일치하는지 자동으로 확인해서 이상이 없다는 신호를 보냈다. 그 신호가 뜨면 인수인계에 들어간다. 이전 근무자가 인수인계 사항이 적힌 화면을 보여주었다. 주목해서 봐야 할 학생, 집중해서 준수할 지침 등이 기록된 화면이었다. 인수인계를 받을 때는 조금이라도 이해가 안 되면 무조건 물어봐야 한다. 대충 어림했다가 실수라도 하면 매서운 질책이 떨어진다. 세심하게 살폈는데 21번까지는 질문할 만한 사항이 없었다.

익히 아는 지침들이었다. 그런데 마지막 문항은 특별했고, 질문을 해야만 했다.

"형사가 방문한다니……, 형사가 왜 와요?"

"남학생 생활관 204호 조민권 학생 면담이래."

"형사가 면담을? 조민권 학생이 지난번 외출했을 때 무슨 일이라도 저질렀대요?"

나는 걱정이 돼서 물었다.

"그건 아니고, 조민권 학생 여동생이 어떤 사건과 얽혔는데 도움을 받으려고 조사를 하나 봐."

"그런 일이라면, 다행이네요."

"학원 측에서 낮 시간에는 조사가 안 되고 저녁 1차 자습 때는 가능하다고 했대. 아마 저녁 7시가 지나면 형사가 올 테니까 그에 맞게 조치를 취해줘."

"알겠습니다."

인수인계를 끝낸 뒤 나는 곧바로 자리에 앉았다. 앞으로 8시간 동안 일할 자리였다. 감시자로 8시간 동안 충실히 임무를 수행해야 한다. 나는 자리에 앉자마자 각 CCTV 카메라가 제대로 작동하는지 확인했다. 혹시라도 움직임이나 성능에 이상이 없는지 하나씩 꼼꼼하게 점검했다.

5시 30분까지 사건과 관계된 학생들에게서 별다른 이상 행동은 없었다. 문수와 선우는 선택한 수업을 들었고, 연규는 인터넷 학습실에서 머물렀으며, 재오는 학습관 내 자습실에서 혼자 공부했다. 동훈이는 70분은 탐구과목 수업, 70분은 인터넷 강의를 들었다. 문수와 선우는 처음부터 끝까지 뛰어난 집중력을 유지했다. 혼자 공부하는 재오는 잠깐 멍하니 천장을 바라보기는 했지만, 나머지 시간에는 조금도 흐트러지지 않았다. 동훈이는 집중을 제대로 못 했다. 수업 중에 선생님 강의를 따라가지 못했고, 인터넷 강의를 틀어놓고 졸린 표정을 짓기도 했다. 불필요한 움직임도 많았다. 연규는 자세가 종종 흐트러졌지만, 끊임없이 필기구를 놀리는 모습을 보았을 때 크게 문제는 없었다. 동훈이와 관련한 자료는 따로 정리해서 담임인 이성식 선생에게 보냈다. 민아는 여학생이기에 나로서는 알 길이 없다.

오후 3시 55분에는 생활관에서 일하는 남자 아르바이트생이 출입구 단말기에 출입증을 댔다는 신호가 떴다. 아르바이트생은 곧바로 각종 물품을 보관하는 준비실로 들어갔다. 준비실 안에는 CCTV가 없다. CCTV는 학생들을 위한 감시망이지 직원들을 감시하기 위한 도구가 아니기 때문이다. 따라서 선생이나 직원들이 근무하는 곳을 감시하는 카메라는 없다. 예외는 보건실이다. 보건실은 학생들 건강과 직결된 특별한 장소이기에 강의실 못지않게 감시하는 카메라가 촘촘하다.

4시 1분, 생활관 청소 직원이 퇴근하며 출입구 단말기에 출입증을 댔다는 신호가 떴다.

4시 30분, 아르바이트생은 준비실에서 나왔고 음료수를 각층 자습실 앞 휴게실에 설치된 냉장고에 넣었다. 학생들마다 즐겨 마시는 음료수가 다르고, 음료수마다 소모되는 양이 다르기에 그에 따라 꼼꼼하게 음료수를 갖추어 놓아야 한다. 따뜻한 음료수를 원하는 학생을 위해서 보온고도 있는데, 날이 더워져서인지 이용하는 학생은 많지 않다. 음료수를 넣은 뒤 아르바이트생은 저녁에 학생들이 묵는 생활관 곳곳을 점검한다. 자습실, 인터넷 강의실, 단체 학습실, 복도, 휴게실, 상담실 등을 점검하고 필요한 물품이나 장비를 가져다 놓는다. 에어컨은 5시에 튼다. 학생들이 학습관에서 돌아오는 5시 30분이 되면 실내 온도가 적정 수준에 도달한다. 나는 아르바이트생이 주어진 업무를 제대로 하는지 수시로 확인했다. 주어진 업무를 제대로 못 하면 학생들이 불편해지기 때문이다.

5시 29분, 그때까지 아무런 이상 징후는 없었다. 모든 학생은 각자 공부에 충실했고, 아르바이트생은 주어진 업무를 했다. 5시 30분, 수업과 공부를 끝낸 학생들이 일제히 움직였다. 학습관에서 생활관으로 이동하는 통로가 학생들로 북적였다. 생활관으로 들어가기 위해서는 출입문에 각자 출입증을 대야만 한다.

5시 34분, 모든 학생이 생활관 안으로 들어왔다는 신호가 떴다. 생활관 입구와 마찬가지로 생활관에 들어갈 때도 각자 방출입증을 대야만 한다. 생활관 복도는 CCTV로 감시하지만, 생활관 안에는 CCTV가 없다. 생활관은 사생활 공간으로 보호해준다.

각자 방에 가방을 내려놓은 학생들은 곧바로 지하 식당으로 움직였다. 식당 앞에 학생들이 모였지만 개방 시간이 안 되었기에 문은 열어주지 않았다. 식당 근무자들은 출입증을 대고 자유롭게 오가지만, 학생들은 통제실에서 열어주지 않으면 식당 안으로 못 들어간다.

5시 40분, 식당 출입문을 열어주었다. 학생들이 식당으로 다 들어가는 걸 확인하고 자리에서 일어났다. 학생들이 공부하는 시간과 달리 식사 시간에는 별다른 업무가 없다. 모두 같은 공간에 있고, 안전 문제도 식당 종사자들이 관리하기 때문이다. 그래서 학생들 식사 시간에 통제실 근무자들도 밥을 먹는다. 남녀 근무자 넷이 모여서 학원 식당에서 배달해준 음식을 먹었다. 밥을 다 먹고 교대로 화장실에 다녀온 뒤 다시 화면 앞에 앉았다.

저녁 식사가 끝나고 학생들은 각자 생활관으로 올라갔다. 6시부터 7시까지는 자유시간이다. 식사를 끝마친 선우가 204호 문에 출입증을 댔다. 민권, 찬영, 희수가 뒤따라서 204호로 들어갔다. 문수가 출입증을 대고 203호 문을 열었다. 재오, 연규, 동훈이 생활관 안으로 들어갔다. 204호로 들어갔던 선우가 곧바로 나오더니 203호를 방문했다. 이 시간이면 학생끼리 종종 다른 방을 방문하면서 어울리기에 특별히 눈여겨보지는 않았다.

밥을 먹고 7시까지는 학생 대부분이 운동을 한다. 학원에는 운동시설이 잘 갖춰져 있다. 생활관 1층 운동실에는 웬만한 헬스장 주인도 부러워할 비싼 운동기구가 즐비하다. 운동장도 시설이 좋아서 운동하기에 아주 좋다. 많은 학생이 이 시간에는 쫓기는 일상에서 잠시 벗어나 운동을 하며 몸을 단련하고, 힘겨운 공부에서 놓여난다. 물론 그 시간도 아까워서 공부하는 학생도 꽤 된다. 그 시간에 특별한 움직임은 없었다.

6시 40분, 1층 준비실 앞이 북적였다. 학생들이 저녁 간식을 받아 가는 시간이기 때문이다. 저녁 식사 뒤 길게 자습하는데, 늦은 밤이 되면 배가 고픈 학생들을 위해 간식을 제공한다. 간식은 방별로 지급한다. 재작년까지만 해도 어쩌다 간식을 주었는데, 학생들이 간식이 없는 날에는 허기가 진다는 불평이 많았다. 또한 통계를 내보니 간식이 공부 효율을 높인다는 결과가 나오자, 작년부터 날마다 간식을 제공하는 쪽으로 운영방식이 바뀌었다.

쉬는 시간이 끝나가자 자습실로 이동하는 학생들이 복도로 나왔다. 층마다 자습실이 있기 때문에 다른 층으로 이동하지 않는다. 학생들은 자습실로 들어가기 전에 휴게실에 들른다. 공부하는 동안 마실 음료를 챙기기 위해서다. 일단 자습실로 들어가면 특별한 사정이 없으면 110분 동안 꼼짝하지 못한다. 음료수나 물을 마시려고 밖으로 나오지 못하니 자신이 필요한 만큼 음료를 따라서 가져간다. 앞서도 거론했지만 학생들이 마시고 싶은 음료는 미리 신청을 받아서 아르바이트생이 준비하고, 각자 챙겨가는 양도 정해져 있기에 음료 공급이 모자라는 때는 없다.

203호에서는 재오가 맨 먼저 나왔다. 재오는 휴게실을 들르지 않고 곧바로 자습실로 들어갔다. 동훈이와 연규가 간식을 챙기러 갔을 때 이미 음료수를 챙겨왔기 때문이다. 재오가 자습실로 들어가고 1분쯤 뒤에 203호에서 문수, 동훈, 연규가 나왔고, 204호에서 선우, 희수, 민권, 찬영이 다 함께 복도로 나왔다. 일곱 명은 한 덩어리가 되어 휴게실로 이동했다. 다른 방에서도 학생들이 쏟아져 나와서 복도가 북적였다.

6시 56분, 문수가 텀블러에 따르려고 음료수통을 냉장고에서 꺼냈다. 문수가 선택한 음료수는 매실이었다. 동훈과 선우는 문수 뒤에서 대기했고, 연규와 희수는 그 옆 냉장고에서 음료수를 따르려고 준비하던 중이었다. 다른 학생들과도 복잡하게 뒤엉킨 상황이었다. 문수가 음료수통을 들어서 텀블러에 따르다가 동훈과 부딪쳤다. 그 바람에 음료수통이 바닥에 떨어졌고, 음료수가 바닥에 쏟아졌다. 학생들은 바닥에 떨어진 음료수가 발에 묻지 않게 피했다. 그 바람에 서로 부딪혔고, 들고 있던 음료수통이나 텀블러를 떨어뜨리기도 했다. 평소에 벌어지지 않는 상황이었기에 인공지능이 중앙통제실 CCTV 화면을 자동으로 키웠다. 나는 조종간을 움직여 그 장면을 확대했다. 학생끼리 서로 투덜거리며 짜증을 내는 장면이 보였다. 나는 재빨리 준비실로 연락을 넣었다. 아르바이트생이 전화를 받지 않았다. CCTV를 확인했다. 아르바이트생은 경비실 앞에서 물품을 나르는 중이었다. 나는 아르바이트생 휴대전화로 연락했다.

"여기 통제실입니다."

"네. 무슨 일이시죠?"

"2층 휴게실에서 학생들끼리 실수로 부딪쳐서 음료수통이 엎어졌습니다. 학생들이 원하는 음료수도 못 마시고, 바닥도 지저분해졌으니 빨리 조치해주세요."

"무슨 음료인지 통제실에서 확인 가능한가요?"

"매실은 확실한데 나머지는 확인이 안 됩니다. 직접 가서 확인하고 처리해주세요."

"네. 알겠습니다."

아르바이트생은 짐을 내려놓고 준비실에서 청소도구를 챙긴 뒤 2층 휴게실로 올라갔다. 한편 매실 음료가 바지에 묻은 문수는 바닥에 떨어진 텀블러를 챙겨서 203호로 되돌아갔고, 다른 학생들은 바닥에 흐르는 음료수를 피해서 각자 원하는 음료수를 따른 뒤 자습실로 들어갔다. 문수는 새 바지로 갈아입고 나와서는 매실수 대신 정수기에서 물을 따라서 자습실로 들어갔다.

6시 59분, 2층 48명, 3층 48명, 4층 48명, 총 144명 남자 학생들이 각자 자리에 제대로 앉았는지 점검했다. 모든 학생이 지정 좌석에 정확히 앉아 있었다. 자습실 한 줄에는 여덟 명이 앉는데 총 여섯 줄이다. 첫 줄과 둘째 줄은 같은 통로에 서로 등져서 위치하고, 셋째 줄과 넷째 줄, 다섯째 줄과 여섯째 줄도 같은 통로에 서로 등지고 있다. 자습실 왼쪽 첫 통로에는 201호부터 204호가 순서대로 앉는다. 첫 줄 안쪽은 201호, 바깥쪽은 202호, 둘째 줄 안쪽은 203호, 바깥쪽은 204호가 앉는다. 203호는 안쪽부터 동훈, 재오, 문수, 연규 순으로 앉고, 204호는 선우, 희수, 민권, 찬영 순으로 앉는다. 학생들이 사용하는 책상은 다른 학생과 철저히 차단되어 있기에 옆이나 앞에서 보지 못한다. 책상 오른쪽에는 참고서나 문제집을 꽂아놓는 책꽂이가 있고, 가방이나 개인

용품을 수납하는 공간은 책상 위에 별도로 있다.

6시 59분 30초, 가벼운 음악이 흐른다. 6시 59분 50초, 1차 자습을 알리는 알람이 울린다. 이제부터 특별한 사건이 발생하지 않는 한 학생들은 무조건 110분 동안 집중해야 한다.

7시 01분, 아르바이트생이 청소도구를 챙겨서 휴게실로 올라왔다. 아르바이트생은 바닥을 깨끗하게 치운 뒤 빈 음료수통을 들고 준비실로 내려갔다. 나는 아르바이트생에게 전화를 걸었다. 사건을 정확하게 기록하기 위해서였다.

"매실 음료 말고 쏟아진 음료수가 뭔지 확인해주세요."

"자몽입니다."

"음료수통은 괜찮나요?"

"자몽은 괜찮은데 매실을 담은 통은 깨졌습니다. 새 음료수통으로 교체하겠습니다."

"기록하겠습니다."

7시 10분, 아르바이트생이 매실 음료와 자몽 음료를 만들어서 휴게실로 다시 올라왔다. 공산품으로 나온 음료가 아니라 농축 가루에 물을 타서 만드는 음료다 보니 만들어 오는 시간이 조금 걸린 모양이었다.

자습실에는 CCTV가 총 다섯 대가 있다. 통로마다 한 대, 서서 공부하는 책상 줄을 마주 보고 두 대다. 좌석 통로에 설치된 CCTV는 천장에 달린 레일을 따라 이동한다. 자유롭게 움직이면서 감시하기에 자세가 흐트러지거나, 딴짓하면 곧바로 확인할 수 있다. 나는 CCTV로 학생들이 자습하는 태도를 꾸준히 관찰했다.

7시 30분, 정문 경비실에서 전화가 왔다.

"네, 무슨 일이시죠?"

"김동연 형사란 분이 찾아왔습니다. 조민권 학생과 관련한 일로 왔다는데요?"

"아, 예정된 일입니다. 출입증 내주시고 생활관 2층 면담실로 안내해주세요."

화면에 출입증 발급 신호가 떴다.

나는 생활지도 선생님에게 전화를 걸었다.

"조민권 학생을 면담할 형사가 왔답니다."

"아, 그 약속이군요."

"2층 상담실로 조민권 학생을 보내주세요."

7시 35분, 경비원과 형사가 생활관 입구에 들어섰다. 7시 37분, 형사가 면담실로 들어갔다. 뒤이어 상담지도 선생님을 따라서 조민권이 면담실로 들어갔다. 뒤이어 상담실 CCTV에 형사와 대화를 나누는 조민권 모습이 보였다.

한편, 사건 관계자인 재오, 문수, 선우는 동상처럼 자세 변화 없이 110분 동안 공부에 몰두했다. 반면에 연규는 제대로 집중하지 못했다. 좌우에 앉은 문수, 선우와 견주니 움직임이 도드라졌다. 이유 없이 머리를 흔들고, 목을 뒤로 젖혀 천장을 보고, 쓸데없이 몸을 뒤척였다. 좋지 않은 학습 태도였기에 자세히 기록했다. 기록을 입력하자 연규가 그동안 자습시간에 보였던 잘못된 태도들에 관한 감시사항이 한꺼번에 떴다.

연규는 6월 1일에 신규로 우리 학원에 들어왔는데 혼자 공부할 때는 집중력이 높다가도, 같이 공부하는 자습실에만 들어가면 제대로 집중을 못 한다는 사실이 관련 기록을 통해서 확인되었다. 이 학원에 들어온 학생들이 초기에 흔히 보이는 모습이었다. 답답함과 괴로움을 묵묵하게 버텨내는 힘을 길러주는 학습지도가 필요했다. 의견을 기록하고 확인을 눌렀다.

2층에서 가장 안 좋은 태도를 보이는 학생은 동훈이었다. 민권이 자리를 뜰 때 같은 줄에서 민권을 쳐다본 유일한 학생이 동훈이었다. 옆에서 무슨 일이 벌어져도 자기 공부에 집중해야 하는데, 동훈은 사소한 변화에도 시선을 빼앗겼고, 자기 공부에 몰두하지 못했다. 민권이 나가고 3분 뒤에 동훈이 일어서서 자습실 밖으로 나왔다. 규정 위반이었다. 공부에 집중하지 못한다는 증거였다. 화장실에 들른 동훈은 이유도 없이 휴게실에서 서성이다가 자습실로 돌아갔다. 자리에 앉았지만 여전히 산만했다. CCTV 초점을 동훈이에게 맞췄다. CCTV를 움직이며 동훈을 세밀하게 관찰했다. 학생으로서 갖춰야 할 자습 태도와는 거리가 먼 모습들이 잇달아 잡혔다.

8시 2분. 동훈이 다시 일어나더니 자습실을 빠져나왔고, 이번에는 평소에 마시지도 않던 자몽 음료를 꺼내서 마셨다. 그러고도 한참 동안 휴게실에서 서성대다가 화장실로 갔다. 20분 전에 화장실에 들렀기에 화장실에 갈 이유가 없었다. 매우 좋지 않은 모습이었다. 자습실로 돌아간 뒤에도 집중하지 못했다. 아무래도 그대로 두면 안 될 상황이었다. 나는 생활지도 선생님에게 연락을 넣었다.

"2층 2열 1번 한동훈 학생, 긴급 대면 지도가 필요합니다."

"어떤 상태인가요?"

"자습실 2회 이탈, 자리에 앉아서 계속 산만합니다."

"지금도 그런가요?"

"네."

"알겠습니다. 지금 바로 가겠습니다."

"1호 상담실에는 특별 상담이 진행 중이니 2호 상담실로 가시면 됩니다."

1분 뒤 생활지도 선생님이 2층 자습실에 나타났고, 동훈을 데리고 2호 상담실로 들어갔다. 2호 상담실 CCTV 화면에 동훈과 생활지도 선생님이 마주 앉아 대화를 나누는 장면이 잡혔다. 20분 뒤 상담이 끝나고 동훈은 자리로 돌아왔다. 자리에 돌아온 동훈은 차분하게 공부에 집중했다. 대면 지도 효과는 확실했다. 나는 해당 사항을 기록했다. 1호 상담실에서는 여전히 형사와 민권이 이야기를 나누고 있었다.

8시 50분, 1차 자습을 마치는 노래가 나왔다. 다들 일제히 일어서서 자습실 밖으로 나왔다. 화장실과 휴게실에 들른 뒤 곧바로 자습실로 들어가는 학생도 있고, 자기 생활관으로 들어가서 참고서와 문제집을 챙겨 나오는 학생도 있었다. 문수는 화장실에 들른 다음 매실 음료를 따라서 곧바로 자습실로 들어갔다. 재오와 선우는 화장실만 들렀다가 다시 들어갔고, 동훈은 휴게실에서 서성이다 2차 자습을 알리는 신호를 듣고서야 자습실로 들어갔다.

연규는 가방을 챙기더니 단체 학습실로 혼자 옮겨갔다. 단체 학습실은 자습실 반대편에 자리한다. 승강기에서 내리거나 계단으로 올라오면 단체 학습실이 바로 보인다. 보통 단체 학습실은 같은 탐구과목을 선택한 학생끼리 모여서 공부하거나, 토요일과 일요일에 집중학습을 할 때 이용하는 공간이다. 단체 학습실에 들어간 연규는 혼자 수학 공부를 했다. 연규가 수학 공부를 하는 방식은 독특했다. 문제를 풀다가 난관에 부딪히면 문제를 칠판에 적었다. 삐딱하게 앉아서 문제를 노려보다가 해법을 찾으면 벌떡 일어서서 칠판에 풀이법을 적었다. 고민해도 풀리지 않으면 학습실 안을 서성였다.

1차 자습에서 드러난 산만함은 없었다. 연규에게는 저런 방식이 어울렸다. 그러나 컴퓨터에 입력된 지도지침에는 홀로 탐구하는 방식이 부적절하다는 지적이 여러 차례 언급되어 있었다. 수능 시험은 여러 경쟁자를 옆에 두고, 자리에 꼼짝없이 앉아서 문제를 풀어야 한다. 연규에게는 자기 방식이 지금 당장 문제를 푸는 데는 도움이 되겠지만, 정작 수능을 볼 때는 그 방식을 쓰지 못하기에 집중력이 떨어지고 실력을 제대로 펼치지 못할 우려가 크다. 연규는 학원이 하라는 방식과 자기 방식이 안 맞아서 몇 차례 갈등을 겪었다. 이성식 선생과 면담도 별도로 진행했다. 그런 끝에 나온 타협안이 1차는 자습실, 2차는 단체 학습실 자습이었다. 현재는 그렇지만 앞으로는 연규도 다른 학생처럼 다른 경쟁자를 옆에 두고 공부하는 방식에 익숙해져야만 한다. 어차피 최종 목적은 수능에서 좋은 점수를 얻는 것이다. 혼자 아무리 공부를 잘해도 수많은 학생과 경쟁해야 하는 수능에서 실패하면 아무런 의미가 없다.

연규가 단체 학습실에서 공부할 때 자습실 안에서는 그 사건이 벌어질 조짐이 보였다. 9시 15분, 문수가 몸을 뒤척였다. 워낙 동상처럼 꼼짝도 안 하고 공부하는 학생이기에 바로 눈에 띄었다. 문수는 뭔가 불편해 보였다. 머리를 긁고, 볼을 두 손으로 치고, 손으로 얼굴을 쓰다듬었다. 처음에는 졸려서 그런가 보다 했다. 9시 20분, 문수가 자리에서 일어나더니 서서 공부하는 책상으로 이동했다. 서서 공부하는 책상은 졸리거나 집중이 안 될 때 이용하라고 설치해 둔 것이다. 문수는 잠깐 동안은 제대로 공부하는 듯했다.

9시 29분, 서서 공부하던 문수가 머리를 세차게 흔들더니 갑자기 목을 움켜쥐었다. 이상 행동이었다. 문수를 비추는 CCTV 화면이 자동으로 커졌다. 나는 조종간을 움직여 이동형 CCTV 초점을 문수에게 맞췄다. 서서 공부하는 책상을 비추는 CCTV 두 대도 문수를 좌우에서 잡았다. 얼굴색이 좋지 않았다. 숨을 가쁘게 쉬었다. 문수에 대한 정보는 익히 알았기에 불안감이 엄습했다.

'설마! 아나필…….'

나는 재빨리 걱정을 뿌리쳤다.

'그럴 리가 없어. 이 학원이 어떤 학원인데.'

나는 학원 급식체계를 떠올렸다. 이곳에서는 학생 한 명 한 명이 좋아하고 싫어하는 음식을 모두 파악해서 급식을 운영한다. 취향뿐 아니라 건강과 관련한 식단 관리도 철저하다. 살이 지나치게 찌면 다이어트 식단을 짜서 제공하기도 한다. 그 정도로 깐깐한 급식체계인데 내 걱정과 같은 일이 일어날 리 없었다. 문수는 아나필락시스(급성 알레르기 반응) 위험을 안고 지내는 학생이다. 위험 물질은 메밀이다. 그래서 메밀과 관련한 급식은 아예 메뉴에 없다. 간식을 살 때도 메밀 성분을 반드시 확인한다. 이 학원 급식체계에서 문수가 메밀을 먹을 가능성은 아예 없다. 그런데 아무리 봐도 문수에게서 나타나는 현상은 몇 차례나 교육을 받았던 바로 그 아나필락시스 같았다.

9시 30분, 문수는 자리로 돌아가려고 비틀거리며 움직였다. 나는 조종간을 움직여서 통로 CCTV가 문수를 따라가게 했다. 서서 공부하는 책상을 비추던 CCTV도 자동으로 문수를 따라갔다. 위태롭게 몇 걸음 걷던 문수가 몸을 부르르 떨더니 민권이와 찬영이 자리 사이에서 쓰러졌다. 화면에 목을 움켜쥐고 부들부들 떠는 문수가 보였다. 틀림없었다. 아나필락시스였다.

"비상!"

나는 소리를 질렀다.

"빨리, 보건실 간호사에게 연락해! 빨리!"

나는 옆에서 일하는 동료에게 소리를 질렀다.

소년 프로파일러와 기숙학원 테러사건

자습실에서 학생들이 놀라며 문수에게 달려드는 모습이 보였다. 재오가 문수 옆으로 다가왔다. 재오는 문수 허리춤을 확인했다. 문수는 응급용으로 에피네프린 자가주사기를 늘 들고 다닌다. 아나필락시스가 오면 에피네프린 자가주사기를 바로 맞아야 하기 때문이다. 허리춤을 확인한 재오가 벌떡 일어났고 화면에서 사라졌다. 화면에서 사라진 재오가 곧이어 다시 나타났다. 문수가 늘 차고 다니던 작은 가방이 재오 손에 들려 있었다. 재오가 그 손가방을 열었다.

재오와 동훈이는 처음에 아나필락시스와 에피네프린 자가주사기에 대해 교육을 받았다. 문수와 같은 방에서 생활하기에 혹시 모를 사태에 대비한 교육이었다. 재오는 교육받은 대로 플라스틱 상자를 열었다. 이제 에피네프린 자가주사기를 꺼낸 뒤 노란 안전뚜껑을 떼어내고 꽉 쥔 채 허벅지를 찌르면 된다. 그런데 이상했다. 배운 대로 찌르면 되는데 재오는 주사기를 든 손을 보며 어쩔 줄 몰라 했다. 그러고는 CCTV를 향해 왼손을 마구 휘저었다. 나는 재오 오른손에 카메라 초점을 맞췄다. 자가주사기처럼 보였는데, 화면을 확대하니 어처구니없게도 보드마카였다.

"보드마카잖아! 저게 어떻게 된 거지?"

나는 몹시 당황했다. 에피네프린 주사기로 응급처치를 하지 않으면 위험한 사태가 벌어질 수도 있다. 주사기가 있어야 할 상자에 보드마카라니……

"간호사는 어떻게 됐어?"

나는 동료에게 다시 소리를 질렀다.

"보건실에 전화했는데 안 받습니다."

"휴대전화는?"

"휴대전화도 안 받고."

"간호사는 도대체 어디 간 거야?"

그때 여자 생활관을 관리하는 근무자 목소리가 들렸다.

"여 203호실로 서민아 학생이랑 9시에 들어갔어요."

"거기를 왜? 아니 지금 그거 따질 때가 아니지. 빨리 여자 생활지도 선생님에게 연락해서 긴급사태라고 알리고, 간호사에게 에피네프린 주사기 챙겨서 남자 2층 자습실로 가라고 해. 서둘러!"

화면 속 문수는 더욱 힘들어 보였다. 재오는 문수 옆에서 CCTV로 계속 손짓을 했고, 다른 학생들에게 소리를 질러댔다. 복도에 남자 생활지도 선생님이 뛰어오는 모습이 보였다.

"간호사와 연락됐어요! 지금 간답니다."

2분 뒤, 보건실에 간호사가 나타났다. 간호사는 약품 저장고에서 에피네프린 자가주사기로 보이는 플라스틱 상자를 챙기더니 황급히 뛰어나갔다.

1분 뒤 간호사가 남자 2층 자습실에 나타났다. 간호사는 학생들을 물러나게 하더니 자가주사기를 꺼내 문수 허벅지에 찔렀다. 간호사는 손목시계를 보고 시간을 확인했다. 그러고는 뭐라고 소리를 질렀다. 뭐라고 하는지 들으면 좋겠는데 CCTV로는 음성을 확인하지 못해 답답했다.

"생활지도 선생님에게 전화해봐!"

나는 화면을 초조하게 주시하며 동료에게 지시를 내렸다. 화면 속 문수는 바닥에 누운 채 가쁜 숨을 내쉬고 있었다. 간호사는 문수를 편안하게 눕힌 채 안정에 필요한 조치를 취했다.

"통화 중입니다."

"응급상황인데 도대체 어디랑 통화를 하는 거야?"

나는 버럭 짜증을 냈다.

조금 뒤 다시 동료가 전화를 걸었고, 이번에는 통화가 되었다.

"여보세요! … 상황이 어떻습니까? … 그래요? … 알겠습니다."

동료가 전화를 끊었다.

"문수 학생 상태가 별로 안 좋답니다. 그리고 119에 전화를 하는 중이었대요."

나는 계속 화면을 주시했다.

시계를 보며 문수 상태를 확인하던 간호사가 자가주사기 하나를 더 꺼냈다. 간호사는 다시 자가주사기를 문수 허벅지에 찌르고는 손목시계를 확인했다.

"도대체 119는 왜 이렇게 안 와!"

우리 학원이 외진 곳에 있어서 119구급대가 오는 데 오래 걸릴 수밖에 없다는 걸 알면서도 짜증이 치밀었다. 얼마 뒤 정문에 응급차가 보였다. 나는 신속하게 생활관 출입구 보안을 풀어 구조대원들이 출입증

없이 생활관으로 들어가도록 했다. 조금이라도 지체되지 않도록 취한 조치였다. 구조대원들이 다급하게 뛰어서 자습실로 갔고, 그제야 연규가 단체 학습실 문을 열고 고개를 내밀었다. 상담실에서 이야기를 나누던 형사와 민권이도 복도로 나왔다.

자습실로 들어간 구조대원들은 문수를 들것에 눕혀서 응급차로 갔다. 간호사는 구조대를 따라서 움직였다. 응급차가 정문을 빠져나갈 때 전화가 왔다. 생활지도 선생님 전화번호였는데, 전화기에서는 간호사 목소리가 들렸다.

"제 전화기를 보건실에 놓고 왔어요. 그래서 생활지도 선생님 전화를 빌려서 왔거든요. 혹시 연락할 사항이 있으면 이 전화로 연락해주세요."

"상태가 어떤가요?"

"진정은 됐는데 아직 모르겠어요."

"병원에 도착하면 곧바로 전화주세요."

"알겠습니다. 계속 연락드릴게요. 문수 부모님과 담당 선생님께는 통제실에서 연락해주세요. 저는 정신이 없어서."

"연락은 통제실에서 알아서 할 테니, 정확한 상황만 보고해주세요."

전화를 끊고 나는 필요한 조치를 했다. 담임인 이성식 선생과 학원 책임자에게 연락했다. 문수 부모에게는 이성식 선생이 연락하기로 했다.

10시, 생활지도 선생님이 자습실을 돌아다니며 웅성거리는 학생들을 진정시켰다. 조금 혼란스러웠지만, 학생들은 이내 공부에 집중했

소년 프로파일러와 기숙학원 테러사건

다. 민권이는 자습실 자기 자리로 돌아갔고, 연규도 단체 학습실로 다시 들어갔다.

민권이를 만났던 형사는 상담실 앞에서 생활지도 선생님과 대화를 나누더니 자습실로 들어갔다. 자습실로 들어간 형사는 문수 책상을 자세히 살폈다. 선우에게서 종이와 필기구를 빌린 다음 비어 있는 연규 책상에서 큼지막하게 글을 썼다. 조금 뒤 생활지도 선생님이 노란 테이프를 들고 나타났고, 형사는 테이프와 종이로 문수 책상과 의자에 접근금지 표시를 하고, 휴대전화를 꺼내 사진을 여러 장 찍었다. 생활관 복도에서 누군가와 통화를 길게 했다. 전화를 끊은 형사는 생활지도 선생님과 다시 몇 마디 대화를 나누더니 생활관 밖으로 나왔다.

3분 뒤, 그 형사가 CCTV 중앙통제실에 나타났다. 자습실에서 벌어진 일이 심상치 않은 사건일지도 모른다는 불길한 예감이 들었다.

02

응급상황입니다

보건실 간호사

그날 저녁 8시 55분. 윤주가 보건실로 찾아왔다.

"민아가 몸이 아프대요."

윤주는 민아와 같은 방에서 생활한다.

"어디가 아프대?"

"모르겠어요. 그냥 심하게 아파 보여요."

윤주 얼굴빛이 어두웠다. 서둘러 나오는 바람에 휴대전화를 챙기지 못했다. 여자 생활관으로 올라가니 민아는 자습실에서 나와 자기 침대에 누워 있었다.

"어디가 아파?"

체온계를 꺼내며 물었다.

"속이 안 좋아요. 머리도 아프고."

민아가 힘없이 말했다.

체온을 쟀는데, 정상이었다.

"체했어?"

"모르겠어요."

나는 몇 군데를 눌러보았다. 아프다는 반응이 없었다. 딱히 이상은 없었다.

"일단 두통약이랑 속 편하게 하는 약 가져올게."

나는 보건실로 내려와 두통약과 소화제, 영양제를 챙겼다. 다시 여자 생활관으로 올라갔다. 휴게실에 들러 물을 받는데 자습실 불빛이 유난히 밝았다. 숨소리마저 죽이며 공부하는 모습을 보니 내 재수 시절이 떠올랐다. 답답함과 불안함, 의욕과 희망이 뒤엉킨 기묘한 시절이었다. 기숙학원에서 간호사를 채용할 때 제시한 조건 가운데 하나가 재수 경험이었다. 면접을 볼 때도 재수 시절을 어떻게 보냈는지 집요하게 물어봤다. 이 기숙학원에서 몇 년째 근무 중인데 재수를 했던 경험이 일하는 데 많은 도움이 되었다.

민아에게 약과 물을 건넸다. 민아는 느릿하게 몸을 일으키더니 천천히 약을 먹었다.

"오늘 힘든 일 있었어?"

"딱히 없었어요."

"언제부터 아팠는데?"

"자습하는데 갑자기 기운이 빠지고, 머리가 지끈거리고……."

"공부가 잘 안 되는 모양이구나."

"몇 번을 봤는데도 안 외워지고, 어제 다 풀었던 문제인데 안 풀리고……. 왜 이러는지 모르겠어요."

"그럴 때가 있어. 열심히 했는데도 그대로인 느낌."

"늪에 빠져서 허우적대는 꼴 같아요."

이럴 때는 상황을 부정하거나, 괜한 위로를 건네기보다는 시각을 바꿔주는 게 낫다. 오랜 기간 애들과 지내면서 터득한 내 나름 비법이다.

"늪이 아니야. 바닥을 다지는 거지."

"그럴까요?"

"실력이 진짜 떨어지면 자기가 뭐가 부족한지도 몰라. 너는 스스로 알아차리니까 힘든 거야. 원래 모르는 사람이 용감하거든. 알면 알수록 불안해져."

"정말 그럴까요?"

실제로 민아 실력이 어떤지 나는 모른다. 다만 그렇다고 믿어야만 더 열심히 공부하고, 이 고통을 견디는 힘이 생긴다는 사실은 안다. 이 여리고 약한 청춘이 기나긴 고통을 버티는 데 도움이 되는 말을 해야 한다. 니는 치료제가 아니라, 진동세를 주는 사람이다.

나는 한참 동안 마주 앉아서 민아와 이야기를 나누었다. 적당히 위로하고, 적당히 힘을 주었다. 과도한 희망은 금물이다. 큰 기대는 큰 좌절로 이어지기 때문에 용기와 위로를 줄 때도 수위를 조절해야 한다. 민아 얼굴이 조금은 편해지는 듯했다. 최악은 벗어난 듯해서 안심이 되었다.

"몸이 안 좋으면 무리하지 마. 힘들 때는 제자리에 가만히 서서 호흡을 가다듬어야 해."

"그거 아세요?"

"뭘?"

"쌤만 그렇게 말한다는 거요."

"그런가?"

"다들 그냥 꾹 참고 달리래요. 잠깐 머뭇거려도 뒤쳐진다고."

"숨이 가쁜데 계속 달리면 지치기만 하고 빨리 뛰지도 못해. 잠깐 쉬면서 기운을 차려야 달릴 힘이 생기지."

"제가 상담 쌤께 그렇게 말했더니, 마라톤을 할 때는 잠깐이라도 멈추면 다시 뛰기 힘들다면서 속도를 줄이더라도 뜀박질을 멈추면 안 된대요."

"마라톤은 그렇지. 그런데 마라톤은 몇 시간밖에 안 뛰지만 너희는 앞으로도 5개월은 더 뛰어야 하잖아. 5개월 내내 뛰는 마라톤 선수가 나오면 내가 그 말을 인정할게."

"크크크, 맞는 말이네요."

웃음은 좋은 징조다. 이 팍팍한 생활에 웃음은 아주 좋은 진통제다. 이제 마무리할 때였다. 적당한 때 멈추지 않으면 이런 대화는 한없이 이어지고 만다.

"자기 전에 따뜻한 물을 마셔. 보온고에 든 음료도 좋고. 여름이라고 찬 것만 찾으면 안 좋아."

"네. 그럴게요."

"그리고 이건 특수 영양제야. 일주일 치 챙겨왔으니까 아침 뒤에 꼭 챙겨 먹어."

지치지 않고 공부하기 위해 많은 애들이 영양제를 먹는다. 솔직히 말해 영양제를 왜 먹는지 나는 모르겠다. 이곳 식단은 거의 완벽하다. 맛도 좋지만 필요한 영양을 완벽하게 제공한다. 만 스무 살도 안 된 나이까지 고려하면 영양제 따위는 필요 없다.

다 알면서도 나는 영양제를 주었다. 일부러 특수라는 수식어까지 덧붙였다. 내가 너를 이만큼 챙겨준다는 정성을 전하기 위해서다. 관심에 굶주리고 보살핌이 고픈 애들을 위한 진통제였다.

"고맙습니다."

민아 얼굴빛이 눈에 띄게 밝아졌다.

민아 등을 두드려 주고 자리에서 일어나려는데 203호 문이 벌컥 열렸다.

"응급사태예요."

생활지도 선생님이 다급하게 소리쳤다.

"무슨……?"

"빨리요."

소년 프로파일러와 기숙학원 테러사건

나는 상황 파악을 하지도 못한 채 이끌려 나왔다.

"임문수 학생이 아나필락시스래요."

문수가 아나필락시스에 빠졌다면 메밀과 접촉했다는 뜻이었다.

"메밀을 먹었을 리가……?"

생활지도 선생님은 내 의문에 대답하지 않고 다급하게 말을 이었다.

"남자 2층 자습실이에요. 자가주사기도 챙겨가세요."

"문수에게 에피네프린 자가주사기가 있을 텐데?"

역시 대답이 돌아오지 않았다. 의문은 나중에 확인해야만 했다. 어떤 이유인지 몰라도 문수가 늘 챙겨서 다니는 에피네프린 자가주사기를 사용할 수 없는 상황인 것만은 분명했다. 그렇다면 응급사태가 맞았다. 한시가 급했다. 까딱 잘못하면 돌이키기 힘든 상황으로 빠질 수도 있었다.

우리 몸은 외부에서 낯선 물질이나 바이러스 등이 침입하면 면역체계가 작동해서 몸을 보호한다. 다른 사람에게는 아무렇지 않은 음식이나 물질이 특정한 사람에게 노출되면 면역체계가 과민하게 반응하는 현상이 벌어지기도 한다. 예를 들어, 보통 사람에게는 아무렇지 않은 꽃가루가 특정한 사람에게는 가려움증과 기침을 일으키고, 사람들이 흔히 먹는 밀가루가 특정한 사람이 먹으면 목이 붓고 몸이 가려운 증상이 나타나기도 한다. 이러한 알레르기 증상이 발현되면 괴롭기는 하지만 보통은 그리 위험하지 않다. 그런데 일부 사람들은 알레르기 물질에 조금만 노출되어도 온몸에 발진이 나고, 목이 붓고, 기도가 좁아져 호흡이 곤란한 상태에 빠지기도 한다. 이러한 증상이 급성 알레르기 반응, 아나필락시스다.

아나필락시스에 빠졌을 때 제때 치료를 못 하면 생명이 위협받는 심각한 사태가 벌어지기도 한다. 따라서 단 한 번이라도 아나필락시스를 경험했다면 늘 주의해야 한다. 그러나 주의한다고 해서 완벽하게 알레르기 유발 물질을 차단할 수는 없기에 위급 상황에 대비해 에피네프린 자가주사기를 항상 휴대해야 한다. 아나필락시스를 겪었다면 가까운 사람들에게 자기 상황을 알리고, 에피네프린 자가주사기 사용법도 가르쳐주는 게 좋다.

이 학원에서는 정혜와 문수가 아나필락시스 경험자다. 정혜는 새우, 문수는 메밀이 아나필락시스 유발 물질이다. 그래서 이 학원에서는 새우와 메밀을 급식에서 빼버렸다. 세 끼 식사뿐 아니라 간식이나 음료수에도 새우와 메밀 성분이 들어가지 않도록 조치를 취했다. 외부 음식은 반입 금지다. 허락을 받지 않고 몰래 음식이나 간식을 들여오면 곧바로 퇴소시킬 만큼 음식 관리가 엄격하다. 영양제도 반드시 학원 허락을 받고 반입해야 한다.

이만큼 철저하게 관리하는데 어떻게 문수가 메밀에 노출되었을까? 혹시 메밀이 아니라 미처 알지 못하는 다른 물질에 아나필락시스 반응이 일어난 걸까? 저녁 식사를 한 지 3시간이 넘었기에 급식으로 제공한 음식은 아니다. 그렇다면 간식이 아니면 음료수다. 학원에서 저녁마다 제공하는 간식에 문제가 생겼을까? 그럴 리 없다. 늘 똑같은 간식이었다. 그동안 내내 괜찮았는데 오늘 갑자기 문제를 일으켰을 가능성은 극히 낮다. 음료수도 마찬가지다. 문수는 늘 똑같은 음료수를 마신다. 다른 애들도 거의 마찬가지다. 마시고 싶은 음료수를 신청하면 그대로 준비해 준다. 문수는 늘 매실 음료를 마셨다. 오늘 갑자기 다른 음료수를 마시기라도 한 걸까?

에피네프린 자가주사기가 없는 점도 이상했다. 문수는 늘 에피네프린 자가주사기를 들고 다녔다. 정혜도 마찬가지다. 변질이 될 가능성에 대비해 내가 직접 월요일마다 주사기 상태를 확인한다. 그 주 월요일에도 주사기를 확인했고 아무 이상이 없었다. 문수처럼 꼼꼼한 학생이 자가주사기를 잃어버렸을 리도 없는데 도대체 어찌 된 일일까?

그런 의문을 품은 채 보건실로 뛰어갔다. 정혜와 문수 때문에 응급용으로 준비해 둔 에피네프린 자가주사기를 챙긴 뒤 다급히 남자 생활관으로 갔다. 보건실에서 남자 생활관으로 가려면 출입증을 대고 문이 열리기를 기다려야 한다. 찰나에 지나지 않는 시간이었지만 초조함은 더욱 가중되었다. 2층으로 올라간 뒤 복도를 달려서 자습실로 들어갔다.

"비켜! 비키라고!"

나는 문수를 둘러싼 애들을 뚫고 나갔다.

문수는 맨바닥에 쓰러져서 괴로워하고 있었다. 얼굴과 목에 심한 발진이 일어났고, 숨소리가 거칠고 가빴다. 아나필락시스가 분명했다. 문수가 목을 움켜쥐었다.

"혹시 누가 에피네프린 주사기 놓았니?"

아무도 대답하지 않았다. 문수가 쓰러진 주변에도 주사기는 보이지 않았다.

나는 재빨리 에피네프린 자가주사기를 주먹으로 움켜쥐었다. 노란 뚜껑을 열고 주사기를 문수 허벅지에 찔렀다.

"하나, 둘, 셋, 넷, 다섯, 여섯, 일곱, 여덟, 아홉, 열!"

열까지 세고 주사기를 떼어낸 후 부드럽게 허벅지를 문질렀다. 그러고는 손목시계를 보고 시간을 확인했다. 나중에 의료진에게 주사를 놓은 시간을 알려주어야 하기 때문이다.

"누가 가방 좀 가져와!"

소리를 질렀다.

바로 옆에 있던 학생이 가방을 주었다. 나는 문수 다리 아래에 가방을 대서 다리를 심장보다 높게 했다. 가방 하나로는 불편해 보였다.

"가방 하나 더!"

다시 가방 하나를 건네받아 다리 밑에 끼웠다.

"책! 책 가져와! 세 권만, 빨리!"

나는 책을 받아서 문수 머릿밑에 받혔다.

"에피네프린을 주사했으니 괜찮아질 거야."

나는 문수를 다독였다.

주사 놓은 시간을 기록하려고 휴대전화를 찾았다. 그때서야 휴대전화를 보건실에 두고 왔다는 걸 알았다.

"저, 선생님!"

나는 생활지도 선생님을 불렀다.

"119 불러주세요. 위급한 상황은 넘겼지만, 병원으로 가는 게 좋겠어요."

"뭐라고 하죠?"

"아나필락시스라고 하고, 이곳이 어딘지만 말씀하시면 돼요."

생활지도 선생님은 전화하러 밖으로 나갔다.

문수는 상태가 나아지긴 했어도 아직 숨이 거칠었다.

"선생님, 문수 이제 괜찮나요?"

웅성거림 사이로 질문이 들어왔다. 같은 방에서 생활하는 재오였다.

"에피네프린 주사를 맞았으니 괜찮아질 거야."

그때 재오가 까만 뚜껑이 달린 뭔가를 든 모습이 보였다. 나는 그걸 에피네프린 주사기라고 생각했다. 안 그래도 문수에게 주사기가 있는데 보건실에서 주사기를 챙겨 와야 했던 까닭을 알고 싶었다. 또한 학생들에게 에피네프린 주사기 사용법을 교육했음에도 응급상황에서 전혀 대처하지 못한 까닭도 알고 싶었다.

"너, 그거 주사기 아니니?"

나는 재오 손을 가리키며 물었다.

"아, 이거!"

재오가 손에 든 걸 보여주었다. 보드마카였다. 겉모양만 얼핏 보면 에피네프린 주사기로 착각할 만했다.

"주사기는 어디 있어? 문수가 늘 들고 다녔을 텐데."

"그게……."

재오가 곤혹스러운 표정을 지었다.

"주사기 가방을 열어봤더니 이게 들어 있었어요."

문수가 주사기 대신 보드마카를 넣고 다녔을까? 그럴 리 없었다. 문수는 어릴 때 세 번이나 응급상황을 겪었고, 그중 한 번은 목숨을 잃을 뻔했다. 그런 문수가 주사기 대신 보드마카를 넣고 다녔을 리가 없다. 월요일에 내가 직접 확인도 했다. 그렇다면 가능성은 단 하나다. 불길한 추론이었다.

나는 다시 문수를 세심하게 관찰했다. 다행히 심각한 상태는 아니었다. 메밀에 노출되기는 했는데 미량인 듯했다. 그래도 여전히 호흡은 가빴다. 아무래도 주사를 한 번 더 놓는 게 좋을 듯했다. 나는 다시 에피네프린 자가주사기를 움켜쥐었다. 노란 뚜껑을 따고 문수 허벅지를 찔렀다. 10초를 세고 주사기를 떼어낸 후 부드럽게 허벅지를 문질렀다. 두 번째 주사를 맞고 나자 호흡이 빠르게 호전되었다.

얼마 뒤, 복도에서 여러 명이 다급하게 뛰어오는 소리가 들렸다.

"구조대가 왔어요."

누가 소리를 질렀고, 곧이어 응급구조대가 나타났다. 나는 응급구조대를 따라나섰다. 문수 보호자로서뿐만 아니라 의료진에게 초기 조치 사항과 문수에 관한 정보를 정확히 알려주려면 내가 가야만 했다. 응급차에 탑승하려다 휴대전화를 보건실에 놓고 왔다는 사실이 떠올랐다. 다시 보건실까지 가서 전화기를 챙겨 올 틈이 없었다. 나는 생활지도 선생님에게 부탁해 전화기를 빌렸다.

응급차를 타자마자 구조대원에게 문수 상황을 간략하게 알려주었다. 응급차가 가는 병원 의료진에게도 전화를 걸어 간략하게 설명했다. 그 뒤 중앙통제실에 상황 보고를 했다. 병원에 도착하기 2분쯤 전에 문수 담임인 이성식 선생에게서 전화가 왔다. 이성식 선생은 혹시라도 가족에게서 전화가 오면 평소에 교육받은 지침에 맞게 대응하라고 지시했다.

병원에 도착한 뒤 문수는 곧바로 응급실로 들어갔다. 의료진에게 내가 간호사임을 밝힌 다음 문수 병력과 초기에 취한 조치를 자세히 설명했다. 문수에게 주사했던 에페니프린 주사기도 의료진에게 전달했다. 그러고는 화장실에 다녀왔더니 한 간호사가 심각한 얼굴로 나를 따로 불러냈다.

"혹시 환자에게서 이상한 낌새 없었나요?"

"무슨……?"

"기숙학원에서 재수하는 학생이라면서요?"

"네. 제가 기숙학원에서 근무하는 간호사예요."

"그러니까 뭐 이상한 낌새 없었냐고요."

그 간호사는 거듭 '이상한 낌새'란 표현을 강조했다. 그런 표현을 쓴 까닭을 어림조차 하지 못한 나는 거듭 왜 그런지 물었다. 그때서야 그 간호사는 조심스럽게 낯설면서 익숙한 낱말을 꺼내 들었다.

"유서가 환자에게서 나왔어요."

유서라니, 갑자기 머릿속이 빨간 염려로 물들었다. 메밀과 보드마카가 유서와 얽히면서 혼란스러운 걱정 속으로 나를 몰아넣었다. 뭐라고 대꾸할지 몰라 헤매는데 때마침 전화가 왔다. 문수 엄마였다. 나는 걱정하는 부모 마음을 헤아려 되도록 상세하게 문수 상태를 전했고, 응급조치를 잘 취해서 안정 상태에 접어들었다고 알렸다. 물론 유서가 나왔다는 말은 전하지 않았다. 어차피 나중에 알게 되겠지만 안 그래도 놀란 부모를 더욱 놀라게 하고 싶지는 않았다. 내가 상황 전달을 끝내자마자 문수 엄마는 나에게 비난을 쏟아냈다. 도대체 어떻게 관리했기에 이런 사태가 벌어졌냐면서 학원 측에 책임을 묻겠다고 길길이 날뛰었다.

나는 재빨리 통화 녹음을 눌렀다. 이럴 때 까딱 잘못 대답했다가는 모든 잘못을 뒤집어쓰는 사태가 벌어질 수도 있다. 나는 부모로서 염려할 수밖에 없는 처지는 이해해주고, 학원이 잘못했다는 지적에 대해서는 원칙과 지침에 따라 적절한 조치를 취했다는 사실을 거듭 강조했다. 예의상으로라도 잘못했다거나 미안하다고 말하지 않았다. 나를 지키기 위한 대응이었고, 학원에서 지시한 학부모 응대 지침이기도 했다.

공격과 원망과 하소연이 30분 넘게 이어졌다. 듣기 힘들었다. 문수가 아나필락시스에 빠진 상황보다 문수 엄마와 통화하는 것이 더 괴로웠다. 의료진이 찾아서 빨리 가봐야 한다는 거짓 핑계를 대고 전화를 끊었다. 전화를 한숨 돌리는데 또다시 전화가 왔다. 낯선 남자 목소리였다. 학원에 다른 일로 조사를 나왔던 형사가 우연히 이 사건을 보고 전화한 것이었다. 불길한 생각을 떨쳐내며 나는 형사가 물어보는 말에 충실히 대답했다. 내 의견과 판단은 덧붙이지 않고 명확한 사실만 무미건조하게 전달했다. 형사는 실수로 벌어진 일인지, 의도된 사건인지를 파악하려고 끈질기게 물었다. 나는 알 방법이 없다고 초지일관 대답했다.

형사와 전화를 끊고 난 뒤에도 학원 원장, 이성식 선생, 중앙통제실, 문수 아버지, 생활관 선생 등과 잇달아 통화했다. 그때마다 상황을 설명했는데 나중에는 그냥 녹음해서 파일을 보내주고 싶다는 충동이 일었다.

새벽에 잠깐 눈을 붙이고 아침 일찍 일어나서 의료진에게 문수 상태를 물으니 괜찮다고 했다. 노출된 매실 양이 미량이고, 응급처방을 적절하게 한 덕분이라고 했다. 진료기록을 봤는데 거의 모든 수치가 정상에 가까웠다. 혹시 몰라 하루 정도만 경과를 지켜보고 괜찮으면 내일 학원으로 돌아가도 된다고 했다. 의료진에게 대답을 듣자마자 나는 문수 엄마와 이성식 선생에게 문자를 보냈다. 특히 문수 엄마에게는 검사 수치까지 자세하게 보냈다. 문수 엄마에게서는 답이 없었다. 이성식 선생은 수고했다는 말과 함께 학원이 부담할 테니 택시를 타고 들어오고, 밤샘 근무도 인정해주겠다는 답장을 보내왔다. 세심하게 챙겨주는데 이상하게도 배려라기보다는 딱딱한 행정 처리로만 받아들여졌다. 묘한 감정이었다.

나는 택시를 타고 학원으로 돌아왔다. 보건실에 들러서 내 전화기를 챙기고, 생활지도 선생님 휴대전화는 돌려주었다. 돌려주기 전에 통화 녹음 파일은 모두 나한테 옮기고, 생활지도 선생님 휴대전화에서는 삭제했다. 그냥 퇴근하려다 허기가 져서 밥을 먹으러 식당에 갔다. 애들과 같이 밥을 먹는데 애들이 자꾸 내 눈치를 보았다. 궁금함이 담긴 시선이었다. 나는 모른 척하며 밥을 먹었다.

밥을 다 먹고 식당을 나가려는데 윤주가 내게 다가왔다.

"민아가 또 안 좋아요."

"밥도 못 먹을 정도로 안 좋아?"

"네. 어젯밤에는 괜찮았는데 아침이 되니 또 속도 안 좋고 머리가 아프다면서 방에서 쉬겠대요."

윤주가 걱정스럽게 대답했다.

나는 다시 약을 챙겨서 민아에게 갔다. 열은 여전히 없었다. 특별한 증상도 없었다. 그런데도 민아는 뭔지 모르게 아프고 불편하다고 했다. 아무리 봐도 몸이 아니라 마음이 문제인 듯 보였다. 이런 일은 이미 지긋지긋하게 겪었기에 나는 그러려니 했다. 그렇지만 어제처럼 다독여주지는 않았다. 밤에 그 일을 겪지 않았다면 모를까 밤새 시달렸기에 내게는 민아를 보살필 기운이 없었다.

"이 약 챙겨 먹어. 그래도 아프면 낮 근무 간호사에게 병원에 데려가 보라고 할게."

"아뇨. 굳이 병원까지는……."

아프다고 하면서도 병원을 가기 싫어하는 애들이 참 많다. 스스로도 심리 문제임을 잘 안다는 뜻이다. 그런데도 나는 병원에 가야 한다고 강조했다. 내 책임을 분명히 하면서, 아이들 심리를 안정시키는 데 가장 빠른 방법이기 때문이다.

"크게 앓기 전에 병원에 가보는 게 좋아. 이러다 심하게 아프면 공부를 더 못하잖아."

"그 정도는 아니에요. 조금 쉬면 나을 거예요."

"알았어. 그래도 정 힘들면 말해. 병원 진료를 보게 해줄 테니까."

그렇게 말하고 다시 한번 민아 몸 상태를 점검했다. 열을 재고 맥박을 확인하는데 전화가 울렸다. 남자 생활지도 선생님이었다.

"폭발사고예요. 남자 2층으로! 빨리!"

폭발사고라는 말을 듣고 나는 가스폭발부터 떠올렸다. 거대한 불기둥이 치솟으며 둘레를 초토화하고, 수십 명이 피투성이가 되어 나뒹굴고, 소방차 수십 대가 달려오고, 응급차가 끊임없이 환자를 이송하는 장면이 떠올랐다. 나는 공포에 사로잡혔다.

"폭발사고라뇨? 이 무슨……."

전화를 더 할 수는 없었다. 생활지도 선생님이 급히 전화를 끊어버렸기 때문이다. 두려움에 가슴이 미친듯이 뛰었다. 정신이 멍해졌다. 부족한 수면이 내 판단력을 흐트러뜨리고, 공포심은 몇십 배 커졌다. 그대로 쓰러지고 싶었다. 이를 악물었다. 일단 보건실로 뛰었다. 보건실에서 구급약품을 닥치는 대로 챙겨서 남자 생활관 2층으로 올라갔다. 다행히 상상했던 장면은 펼쳐져 있지 않았다. 모든 애들이 방에서

튀어나와서 뒤엉키는 바람에 한 걸음 내딛기도 어려울 만큼 복도가 혼잡했다.

"어디야? 어디서 사고가 났어?"

나는 있는 힘껏 고함을 질렀다.

"203호예요. 203호!"

또다시 203호였다.

빨리 가야 하는데 뒤엉킨 학생들 때문에 힘들었다.

"비켜! 애들아 비켜!"

버럭버럭 소리를 지르며 학생들을 뚫고 들어갔다.

203호 방바닥은 피범벅이었다. 그렇다고 폭발이 일어난 현장 같지는 않았다. 의자가 엎어지고 탁자 위가 엉망진창인 것만 빼면 평상시와 다르지 않았다. 쓰러져서 나뒹구는 재오만 아니라면 폭발이 일어났다고 믿기 어려울 지경이었다. 얼굴과 목에서 여전히 피가 흘러내렸고, 머리카락은 절반 가까이 불에 타서 흉측했다. 나는 침착하게 소독하고 응급처치를 했다. 피를 닦아내고 보니 화상이 심각했다. 무엇보다 눈과 귀가 좋지 않았다. 잘못하다가는 영구장애를 입을 듯했다.

"119에는 연락했어요?"

나는 생활지도 선생님에게 물었다.

"했어요. 이미 했어요."

"구조대 올 때 방해되니까 학생들은 다 자기들 방으로 들어가라고 하세요."

생활지도 선생님은 내 지시에 따라 학생들을 각자 방으로 돌아가게 했다. 재오는 괴로운 듯 연신 소리를 질러댔고, 연규는 피가 묻은 손을 떨군 채 어쩔 줄 몰라 했다. 같은 방에서 생활하는 동훈이는 보이지 않았다.

"너는 밖으로 나가. 이 방은 절대 건들지 말고."

연규는 넋이 나간 듯 보였다.

"알아들었으면 대답을 해!"

"네."

연규가 대답했다.

"여기는 사건 현장이야. 절대 건들지 마. 알았어?"

"네!"

연규는 피 묻은 손을 닦지도 못한 채 밖으로 나갔다. 생활지도 선생님은 현관 앞에서 안절부절못했다. 나는 할 수 있는 응급처치를 하면서 구조대를 기다렸다. 시간이 느리게 갔다. 불길이 강풍을 타고 몰려오는데 사력을 다해 도망치는 달팽이와 같은 처지였다. 기숙학원은 지나치게 외진 곳이라 시내에서 출발한 응급차가 오는 데 너무 오랜 시간이 걸렸다. 문수가 쓰러진 상황에서 구조대를 기다렸을 때보다 더 초조했다. 문수는 주사를 맞고 위험한 상황은 넘긴 뒤였기에 구조대가 조금 늦어도 상관이 없었다. 그러나 재오는 그렇지 않았다. 한시가 급한 상태였기에 기다리는 내내 입이 바짝바짝 말랐다.

구조대가 오고 나는 어젯밤과 마찬가지로 응급차를 타고 병원으로 갔다. 또다시 어젯밤과 같은 연락을 주고받아야 했다. 몇 년 동안 근무하면서 한 번도 벌어진 적 없는 사건이 하룻밤 사이에 두 번이나 벌어지니 정신이 없었다. 재오 엄마와 통화할 때는 문수 엄마와 통화할 때보다 몇 배나 힘들었다. 상황이 훨씬 심각했기에 재오 엄마는 고래고래 악을 썼고, 나를 향해 욕을 퍼부었다. 나는 그 모든 통화를 녹음했다. 나를 보호하기 위함이었고, 학원 대응 지침이기도 했다. 형사에게서 또 전화가 왔다. 경찰이 병원으로도 찾아왔다. 나는 경찰차를 타고 학원으로 돌아왔고, 경찰차 안에서 내가 본 상황을 계속 진술해야만 했다.

남자 생활관 203호에는 출입통제 팻말이 붙었다. 나는 형사와 함께 203호 앞으로 가서 내가 처음 봤을 때 광경을 진술했다. 203호 안에서는 경찰 감식반이 현장 조사를 벌이는 중이었다. 현장을 조사하던 경찰이 재오 옷장에서 종이 한 장을 찾아내더니 나와 이야기를 나누는 형사에게 건넸다.

"유서라! 어제 그 메밀 알레르기로 쓰러진 그 학생 품에서도 유서가 발견되었다고 하지 않았나?"

"맞습니다."

"황당하군. 이게 도대체 어찌 된 일인지……."

형사는 이제 문수가 쓰러진 사건을 또다시 꼬치꼬치 캐물었다. 일부러 그러는지 실수로 그러는지 똑같은 질문을 반복해서 묻기도 했다. 응급실에서 새벽에 잠깐 눈을 붙인 게 다였기에 무척 피곤했지만 그런

내색을 할 수 없었다.

형사에게서 겨우 벗어난 뒤에는 학원에 올릴 보고서를 써야만 했다. 낮 근무 간호사가 왔지만 내가 목격자이자 상황을 처리한 당사자였기에 모두 내가 처리해야만 했다. 일이 거의 마무리가 될 때쯤 내 출근시간이 다가왔다. 잠도 못 잔 채 하루를 꼬박 학원에서 보낸 것이다. 그 상태 그대로 근무할 수는 없었다. 다행히 낮 근무 간호사가 세 시간 정도 연장근무를 해준다고 해서, 그동안 잠깐 눈을 붙이기로 했다.

동료 간호사가 잠깐 자리를 비운 사이에 나는 보건실 침대에 누웠다. 막 잠을 자려는데 연규가 찾아왔다. 뭔가 상당히 불편해 보였다. 말 못 할 고민이라도 있는 듯했다.

"무슨 일이니?"

"저, 그게……."

한참을 머뭇거리던 연규가 오른손 엄지를 내밀었다.

"이게 뭐야?"

"여기도……."

연규가 윗옷을 어깨까지 내렸다.

정신이 번쩍 들었다.

"어떻게 된 일이니?"

괴사였다. 피부 조직이 죽어가는 중이었다.

"어떻게 된 거냐니까?"

연규는 입술을 깨물더니 주머니에서 흰 종이로 감싼 물건을 꺼냈다.

"이게 뭔데?"

연규는 대답을 안 했다.

나는 흰 종이를 조심스럽게 벗겼다.

"이런……! 이게 왜 너한테……?"

머리가 어지러웠다. 이걸 어떻게 받아들여야 할지 갈피를 잡지 못했다. 그럴 수밖에 없었다. 사건이 벌어지자마자 어디로 사라졌는지 궁금했던 그것, 경찰도 내게 여러 번 물어보았던 그것이 종이 위에 놓여 있었다.

"설마 네가?"

노란 뚜껑이 제거된 주사기, 이미 사용된 주사기가 강한 의심을 피어오르게 했다.

03

오늘이 바로 수능 날이다

희수(남 204호)

　그날도 다른 날과 다를 바 없었다. 그 사건만 아니었다면 달력에 숫자로만 남은 무수한 날들처럼 며칠만 지나도 기억조차 못 했을 날이었다. 희미해져야 할 날이 그 사건으로 인해 도저히 잊히지 않는 기억으로 각인되었다.

　나는 6시를 알리는 노래가 나오기 직전에 항상 눈을 뜬다. 그날도 그랬다. 재빨리 일어나고 싶었지만 손과 발이 움직이지 않았다. 간신히 목만 돌렸다. 산마루를 넘어온 햇빛이 잿빛 블라인드를 연하게 밝혔다.

　'오늘이 바로 수능 날이다'

　창문 위에 걸린 액자에 쓰인 글귀다. 그 글씨가 눈에 들어올 만큼 해가 높이 올라선 모양이었다. 저 글귀는 볼 때마다 나를 채찍질한다. 이 학원에 들어온 첫날부터 헤아리면 아마 수천 번, 어쩌면 수만 번 들었을지도 모를 말이 '수능 날처럼'이다. 그래, 오늘도 수능 날처럼 보내자! 수능 날이 아닌지 알지만, 수능 날처럼 보내야만 한다. 수능 날에는 더 자고 싶다는 가냘픈 욕망 따위가 비집고 들어올 틈이 없다! 일어나자!

없는 힘을 쥐어짜서 손과 발로 보냈다. 억지로 몸을 일으켰지만, 머리는 여전히 무거웠다. 목운동을 했다. 2층 침대 위 칸이라 바싹 붙은 천장이 무겁게 느껴졌다. 무게감에 짓눌리기 싫었다. 나는 축 처지려는 몸을 애써 움직여 사다리를 타고 내려갔다. 바닥으로 내려가니 아래 침대를 쓰는 선우가 벌떡 일어나 화장실로 들어갔다. 반대편 침대에서 생활하는 찬영이와 민권이는 몸을 일으키기는 했으나, 아직 정신을 못 차렸는지 멍하니 침대 위에 앉아 있었다. 탁자 위에 놓인 병을 들어서 내 텀블러에 물을 따랐다. 몸에 쌓인 찌꺼기를 깨끗이 씻어내기를 바라며 벌컥벌컥 들이켰다. 감기려는 눈을 억지로 뜨고 의자에 앉아 가볍게 몸을 풀었다. 찬영이가 물병을 가져가더니 침대에 앉은 채로 물을 들이켰다. 텀블러에 물을 따라서 마시라고 누차 부탁했지만 찬영이는 막무가내였다.

"침대보에 물 떨어지잖아."

내버려두겠다고 결심하면서도 그런 꼴을 보면 나도 모르게 잔소리가 나온다.

소년 프로파일러와 기숙학원 테러사건

"어차피 다른 걸로 이미 더러워졌어. 오늘 갈아달라고 할 거야."

찬영이는 물병을 탁자에 거칠게 내려놓더니 현관 옆에 걸린 화이트보드 앞으로 갔다. 그러고는 까만 보드마카로 '오른쪽 1층 : 침대보, 베갯잇, 이불'이라고 적고는, 빨간 보드마카로 '교체요망'이라고 썼다. 화이트보드에 써 놓으면 낮에 생활관을 청소하는 분이 그대로 해준다. 찬영이는 침대를 더럽게 쓰고는 툭하면 교체해 달라고 요구한다. 청소하는 분을 위하는 배려심 따위는 눈곱만큼도 없다. 늘어지게 하품을 한 찬영이는 느릿하게 화장실로 들어갔다.

선우는 아직도 화장실에서 나오지 않았다. 생활관은 4명이 함께 쓰는데 화장실이 두 곳이다. 처음에는 2인 1실로 하려다 공간 활용도를 고려해 4인 1실로 바꿨다고 한다. 우리는 각자 침대 앞에 있는 화장실을 쓴다. 다른 쪽 화장실은 쓰지 않는 게 불문율이다. 선우가 나올 때까지 기다리면서 나는 계속 몸을 풀었다. 민권이는 침대 위에서 여전히 꾸물거렸다. 선우가 화장실에서 나오고 내가 들어갈 때까지도 그 상태 그대로였다.

민권이는 늘 저렇다. 씻지도 않고 밥을 먹으러 가고, 식사 뒤에 다들 아침 공부를 할 때 혼자서 느긋하게 씻는다. 넷이 한방에서 지내지만 다들 자기 틀에 맞춰 지낸다. 공동생활에 방해되지 않으면 서로 간섭하지 않는다.

6시 25분, 목에 출입증을 걸고 생활관을 나왔다. 이곳 기숙학원에서는 출입증이 없으면 아무데도 못 가기에 하루 내내 목에 걸고 지낸다.

아침 식사는 6시 30분부터 7시까지다. 수능 날 아침에 밥 먹는 시간과 같다. 처음에는 그 시간에 밥 먹기가 힘들고 부담스러웠는데 익숙해지고 나니 속이 편안해졌다. 그날도 아침은 맛있었다. 부담도 없고 속도 편했다. 집에서도 이런 아침밥을 먹은 기억이 거의 없을 만큼 훌륭한 식단이었다. 이곳 기숙학원에서 만족도 으뜸은 바로 식단 메뉴다. 학교 급식과는 결이 다른 수준이다. 물론 다른 기숙학원보다 월등히 비싼 돈을 지불한 대가이기는 하지만 말이다.

아침을 먹고 나면 8시까지 여유 시간이다. 만약 수능 날이면 집에서 시험장까지 이동할 시간이다. 수능시험 입실 시간이 8시 10분인데 이 학원에서는 8시까지 교육관에 있는 교실로 가야 한다. 나는 방으로 돌아온 뒤에 의자에 앉아 수학 선생님이 골라준 유형별 문제와 대표 풀이법을 반복해서 읽었다. 뇌를 깨우기 위한 과정이다. 수학 선생님은 풀지 말고 반복해서 읽으라고 했다. 처음에는 수학인데 문제와 풀이법을 읽으라는 지시가 황당했지만, 시키는 대로 하다 보니 꽤 효과가 좋았다. 아침에 문제와 풀이법을 읽다 보면 공부 머리가 깨어날 뿐만 아니라 유형이 자연스럽게 머리에 새겨지면서 내 약점이 점점 보완되었다.

식단 외에 이 학원이 지닌 최대 장점은 맞춤형 지도다. 각자 과목별로 부족한 점을 정확히 파악해서 그에 맞는 처방전을 내린다. 그 처방전을 따르지 않으면 강제력도 동원한다. 어떤 이들은 강제력에 반감을 드러내기도 하지만 나는 괜찮다. 내 목표는 수능이다. 수능만 잘 보게 해준다면 어떤 방법이든 괜찮다. 자유를 누리려고 들어온 기숙학원이 아니다. 스스로 공부하는 방법도 알고, 자기 통제력도 갖췄다면 굳이 비싼 돈 들여서 이런 고급 기숙학원에 오지 않았다.

내가 수학 문제와 풀이법을 읽는 동안 선우는 화학반응식과 생명 원리를 정리한 노트를 반복해서 읽었고, 민권이는 영어 단어를 외웠다. 그러나 찬영이는 화장실에 들어가서 느긋하게 씻고 나왔다. 여유 시간이 꽤 많았지만 아무것도 안 하고 침대에서 노닥거렸다. 찬영이는 선생님들이 시킨 방식을 따르지 않는다. 따르는 시늉조차 안 하는 게으름뱅이다. 다른 기숙학원보다 비싼 돈을 주고 들어와서 무책임하게 지내는 찬영이가 한심해 보이지만, 굳이 충고는 하지 않는다. 내 앞가림 하기도 벅차기에 남 인생에 감 놔라 배 놔라 할 여력이 없다.

7시 45분, 아침 공부 머리 깨우기를 마치고 교재와 필기구를 챙겼다. 한참 가방을 정리하는데 선우가 며칠 전부터 했던 이야기를 또다시 꺼냈다.

"반 단합대회를 하면 좋지 않겠냐?"

나는 썩 내키지 않아서 아무런 대꾸를 하지 않았다.

"그거 좋지."

찬영이는 반색을 했지만, 나와 민권이가 딱히 반응을 보이지 않으니 선우가 더욱 강하게 나왔다.

"날도 더워지는데 한 번쯤 쉬어가도 괜찮지 않겠어? 계속 달리기만 하면 탈 나잖아."

"뭐, 그렇긴 하지."

민권이가 가방을 짊어지면서 가볍게 대답했다.

"내가 오늘 쌤한테 말할 테니 너희들도 내 편을 들어줘. 알았지?"

"동의는 하는데…… 이성식 선생님이 들어주시겠냐?"

나는 마지못해 동의하면서도 이성식 선생 핑계를 댔다.

"그건 내가 알아서 해. 너희는 맞장구나 쳐줘."

"뭐, 네가 한다면야……."

그렇게 말하고 나는 가방을 메고 방을 나왔다.

학습관으로 와서 정해진 자리에 앉았다. 남자가 12명, 여자가 12명인데 남녀 각각 201호부터 204호까지가 모두 우리 반이다. 반 이름은 '이성식반'이다. 선생님 이름을 반 이름으로 그대로 쓴다. 한마디로 담임 실적 책임제다. 당연히 대입 실적도 담임 선생님 이름으로 발표한다. 교실 뒤 게시판에는 이성식반에 속했던 합격자 이름과 입시 결과가 빼곡하다.

이성식 선생은 군계일학이다. 그 누구도 이성식 선생만큼 뛰어난 실적을 거두지 못했다. 실력이 뒷받침되기에 이성식 선생은 늘 자신감이 넘치고 강력하게 우리를 이끈다. 강한 카리스마가 처음에는 거부감이 들었다. 그러나 시키는 대로 하면 확실히 실력이 늘었다. 놀라운 성적 향상을 거둔 이가 한두 명이 아니었다. 그러다 보니 광신도가 교주를 무조건 추종하듯이 이성식 선생을 따르는 학생들마저 생겼다. 이번에 사고를 당한 문수와 재오가 바로 그랬다. 물론 둘 외에도 꽤 많다.

7시 59분이 되자 언제나처럼 이성식 선생이 교실에 나타났다.

"요즘 점점 흐트러지는 학생들이 많아!"

이성식 선생은 교탁 앞에 서자마자 강하게 내뱉었다.

"날이 점점 더워지면서 지치기 쉬운 때야. 그리고 지금이 바로 승부 처다."

이성식 선생 말은 언제나 힘이 넘친다. 우리가 처한 상황을 정확히 파악하고 핵심을 찌르고 들어온다.

"재학생 경쟁자들은 이제 기말고사에 매달리고, 그게 끝나면 수시에 낼 자기소개서 쓴다고 정신이 없을 때다. 너희들이 지난해에 고3 생활을 해봐서 알겠지만, 기말고사 봤으니 이제 시험은 다 봤다는 해방감, 지원 대학과 학과를 골라야 한다는 부담감, 자기소개서를 써야 하는 막막함이 겹치면서 제대로 공부를 하지 않는다. 같이 달려오다가 멈칫거리며 속도를 늦춰버리는 실수를 저지르는 것이다. 중차대한 결전을 앞두고 방심하는 어리석은 짓을 하는 것이다. 경쟁자가 실수하고 방심하는데 그 틈을 노리지 않는다면 바보다. 이럴 때 더 힘껏 내달리면 격차가 생긴다. 재수생이 왜 수능에서 재학생 경쟁자보다 유리할까? 흔히 수능 공부에 쏟는 시간이 많아서라고 하지만, 내가 보기에는 바로 이 시기 때문이다. 재학생이라는 '적군'이 멈칫하는 이때에 너희는 더 맹렬하게 달려야 한다."

이성식 선생은 재학생이란 낱말 뒤에 '적군(敵軍)'이라는 살벌한 표현을 덧붙였다. 경쟁자라는 낱말은 흔히 들었지만 '적군'이란 표현은 처음이었기에 꽤 인상 깊었다.

"재수생 경쟁자 가운데서도 흐트러지는 경우가 많다. 요즘 바로 너희들이 그렇다. 날이 더워지고, 몇 달 동안 쉼 없이 공부만 하다 보니 지칠 만하다. 굳게 먹었던 결심이 흔들리기도 하고……. 너희만 그런 게 아니라 많은 재수생 경쟁자들이 그렇다. 그렇기에 이제까지 달려왔던 속도 그대로 달리면 앞서 나가게 된다. 힘들어도 버텨야 한다. 버티는 힘은 의지가 아니라 습관에서 온다. 그래서 내가 처음부터 습관이 중요하다고 수없이 강조했던 것이다. 습관이 들면 지친 몸과 흔들리는 마음에도 붙들리지 않고 관성력으로 꾸준히 달린다. 그러니 습관을 흐트러뜨리는 그 어떤 유혹에도 빠지지 말기 바란다."

이성식 선생이 말을 마치자 피 튀기는 경쟁심으로 날이 선 침묵이 교실 곳곳을 휘감았다. 이성식 선생은 이런 식으로 강하게 교훈을 내리고 나면 잠시 시퍼런 침묵에 짓눌리게 만든다. 그 침묵 속에서 각자 생각에 잠기고, 흐트러진 결심은 다시 단단하게 일어난다.

"쌤!"

그 침묵을 선우가 깨버렸다.

이성식 선생은 쌤이라는 호칭을 싫어한다. 처음 만났을 때부터 선생님으로 부르라고 지시했고, 쌤이라고 부르면 쳐다보지도 않았다. 선생님이란 호칭이 입에 꺼슬꺼슬했지만 다들 '이성식 선생님'이라고 부른다. 그렇지만 선우는 그러지 않았다. 선우는 우리 반 반장이다. 재수를 위해 들어온 기숙학원에 웬 반장인가 하겠지만 반장이 하는 역할이 제법 있다. 초기에는 다들 공부를 하겠다는 결심이 강했기에 반장을 뽑을 때 아무도 나서지 않았다. 선우가 혼자 나섰고 반장이 되었다. 선우는 반장 노릇을 열심히 했다. 다른 반과 달리 단합을 위한 활동도 벌였다. 선우는 늘 자신감이 넘치고 다른 학생들을 끌어가려고 한다. 좋은 말로 하면 지도력이고, 나쁜 말로 하면 관종 기질이다. 아무튼 반장까지 맡았으면서도 선생님이 싫어하는 쌤이란 호칭을 끝까지 고집하는 이유를 도무지 모르겠다. 선생님이란 호칭을 쓰지 않는 학생이 한 명 더 있기는 하다. 6월 초에 들어온 203호 연규다. 어색해서 그러는지 호칭에 반감을 품어서인지는 모르겠다.

자신이 싫어하는 호칭을 선우가 썼지만, 이성식 선생은 감정을 드러내지 않고 무심하게 선우에게 시선을 주었다.

"저번에 제가 지나가면서 말씀드렸던 거……."

선우는 이성식 선생 입에서 단합대회라는 말이 나오길 기대했지만, 이성식 선생은 입을 꾹 다물고 선우를 보기만 했다.

"우리 반 단합대회를 하면 어떨까요? 친구들도 원하고."

선우는 주변에 앉은 학생들을 웃으면서 둘러보았다.

이성식 선생은 아무런 말도 하지 않고 고개를 단호히 저었다. 이미 예상했던 반응이었다.

"우리 반 단합도 하고, 요즘 지치고 힘든데 하루쯤 쉬면서 서로 기운도 북돋고."

"단합이라……."

이성식 선생이 차갑게 비웃었다.

"단합해서 서로 용기도 주고, 위로도 하면 좋잖아요."

그런데도 선우는 포기하지 않았다.

"단합이라는 말은 버려. 너희는 서로에게 적이다. 여긴 전쟁터야. 전쟁터에서 적에게 용기를 주고 위로를 하다니, 그게 말이 된다고 생각하나?"

이성식 선생이 무섭게 선우를 몰아붙였지만, 선우는 밀리지 않고 맞섰다.

"자동차도 기름을 채워야 달리잖아요. 반 친구들이 기운이 많이 빠졌어요. 단합대회를 해서 기름을 채워야 다시 열나게 달리죠."

선우는 능글능글하게 웃었다. 저런 뻔뻔함이 어디서 나오는지 모르겠다.

"1시간이 아까운 판에 하루를 통째로 노는 데 쓰겠다니, 너 제정신이야?

203호 문수가 갑자기 끼어들었다.

이성식 선생에게는 능글능글 웃으며 대응하던 선우 얼굴이 딱딱하게 굳었다.

"단합대회는 시간 낭비야. 기운이 빠졌다는 건 나약하다는 증거고. 재수생에게 단합이 어딨어? 부모님이 다른 기숙학원보다 훨씬 비싼 돈 들여서 여기 보냈는데, 그따위로 굴면 안 되지."

갑자기 문수가 세게 반대하고 나서자 선우는 당황한 듯 아무런 대응을 못 했다. 이성식 선생은 문수에게 부드러운 눈빛을 주고는 다시 표정을 굳혔다.

"오늘은 무슨 날이지?"

이성식 선생이 물었다. 화요일이고 특별한 기념일은 아니다. 재수를 하는 날 중 하루다. 지루하고 뻔한 날들 가운데 하루다. 그러나 우리에게 오늘은 아주 특별하다. 이 질문에 우리는 늘 똑같이 대답해야 한다. 그 어느 날보다 특별한 날이라고 대답해야 한다.

"수능 날입니다."

모두 입을 맞춰 대답했다. 선우도 예외는 아니었다.

"수능 날처럼 보내라. 오늘이 바로 전쟁이 벌어지는 날이다. 제군들! 부디 전쟁에서 승리하길 바란다."

이성식 선생은 교탁을 세게 내리치더니 그대로 나가버렸다.

이성식 선생이 나가자마자 선우가 문수를 째려봤다.

"야, 너 뭐냐? 나 엿 먹이는 거냐?"

선우가 거칠게 문수를 몰아붙였다.

"너야말로 다른 경쟁자들 공부 못하게 방해하는 거 아니야?"

문수가 지지 않고 맞섰다.

"아니 저게? 하여튼 누가 광신도 아니랄까 봐."

선우가 세게 나갔다.

"잘난 척하기는……. 선생님에게 개기는 척하면서 실제로는 선생님이 시키는 대로만 공부하면서."

"그게 같냐? 너는 모든 걸 다 따르는 거고, 나는 내가 필요한 것만 따르는 거야. 쌤이 전문가니까.”

“놀고 있네. 겨우 이런 거로 잘난 척이나 하면서……..”

“저 새끼가…….”

선우 입에서 거친 욕이 나왔다.

팽팽한 긴장감이 흘렀다. 그러나 아무도 말리지 않았다. 어차피 저러다 그만둘 걸 알기 때문이다. 둘은 여러 번 다퉜고, 그때마다 싸울 듯하면서도 그만두었다. 주먹다짐이라도 벌였다가는 바로 그날로 쫓겨나기 때문에 싸우고 싶어도 싸우지 못한다.

문수와 선우는 견원지간이다. 기질도 다르고 생활방식도 다르지만, 무엇보다 희망하는 진로가 같기에 경쟁심이 유독 강하다. 거기에 여자 문제도 겹쳐 있다. 우리 반에 민아라고 있는데, 처음 봤을 때부터 눈에 확 뜨이는 외모였다. 화장을 안 하고 머리를 대충 묶어도 예뻤다. 그런 민아가 처음에 문수와 가깝게 지냈다. 들리는 말로는 학원에서 금지한 연애를 한다고도 했다. 그러다 어느 때부터 문수와 민아가 멀어졌고, 민아는 선우와 가까워졌다. 그들 사이에 무슨 일이 벌어졌는지는 모르지만, 아무튼 민아가 선우와 가까워질 때쯤 문수와 선우 사이도 틀어졌다.

“오, 바람직한 분위기! 아주 좋은데? 단합은 개나 줘버리고 놀고 싶은 놈들은 자기들끼리 놀아.”

잔뜩 비꼬는 투로 말하는 이는 203호 연규였다.

연규도 선우와 사이가 안 좋다. 연규는 제멋대로여서 반에서 정한 규칙을 거의 안 지킨다. 물론 선우 말도 안 듣는다. 연규는 얽매이기 싫어하고, 자기 방식을 고수한다. 그런 녀석이 빡빡하게 통제하는 이 기숙학원에는 왜 들어왔는지 모르겠다. 선우와 연규도 몇 차례 충돌했는데, 선우는 연규를 무책임한 이기주의로, 연규는 선우를 잘난 척하는 독재자로 비난했다.

"203호가 단체로 지랄을 하는구나."

선우는 코웃음을 치더니 고개를 돌려버렸다.

선우는 연규, 문수뿐 아니라 203호 애들 전부와 사이가 안 좋다. 동훈이는 민아를 두고 경쟁 관계다. 민아가 문수와 깨지고 난 뒤에 민아는 선우뿐 아니라 동훈이와도 가까워졌다. 민아를 사이에 두고 동훈이와 선우는 묘한 긴장이 감도는 관계가 된 것이다. 대놓고 서로 경쟁하거나 싸우지는 않았지만 늘 서로를 견제했다. 민아는 그걸 알면서도 모른 척했다. 속된 말로 '어장관리'를 하는 듯 보였다.

선우와 재오는 처음부터 사이가 안 좋았다. 재오는 깔끔한 편이다. 건강 걱정도 많다. 그래서 영양제를 꾸준히 먹는다. 선우는 깔끔함과는 거리가 멀다. 그리 깔끔하지 않은 편인 나조차 종종 거슬릴 정도다. 선우는 재수생이라면 흔하게 먹는 보약이나 영양제는 거들떠보지도 않는다. 건강이 걱정되면 꾸준히 운동하면 된다면서 저녁밥을 먹은 뒤에는 꼭 농구를 한다. 같이 농구 할 사람이 없으면 혼자서 운동장을 몇 바퀴씩 달리기도 한다. 그런 선우이기에 지나치게 깔끔하고, 영양제를 달고 지내는 재오가 거슬릴 수밖에 없었다.

"쌤은 내가 어떻게든 설득할 테니 반 단합대회를 하고 싶으면서 아닌 척하지나 마."

선우가 반 모두가 들으라고 말할 때 음악이 나왔다. 8시 10분, 수능 입실 마감 시간이다. 교실은 조용해졌고 다들 호흡을 가다듬으며 가볍게 명상을 했다. 가벼운 체조를 하며 긴장을 풀고, 마음을 다잡았다.

'모든 게 나와 관계없는 일이야. 나는 내 공부에만 집중하자. 내 공부에만!'

8시 15분, 우리는 국어 강의실로 이동했다. 국어는 이성식 선생이 담당이고, 강진경 반과 같이 수업을 듣는다. 수업은 늘 똑같았다. 날카로운 지적과 부족한 점을 보충하라는 지시가 쏟아졌다. 다 같이 수업을 듣는데도 각자 약점과 실수를 짚어가며 무섭게 몰아붙였다. 처음에는 인정사정 안 보고 다그치고 지적하는 까닭을 헤아리지 못했다. 지금은 뼛속까지 박힌 악습을 빠르게 고치려는 방법임을 안다.

나도 모르게 만들어진 이상한 습관, 잘못된 문제 접근법을 이성식 선생은 정확히 짚어냈다. 내가 부족한 점을 귀신같이 알아내서 별도 공부를 지시하고, 주말 집중 공부 때는 꼭 다시 점검했다. 이성식 선생 강의를 듣는 학원생이 144명인데 그 모든 학생을 완벽하게 파악해서 개별 맞춤으로 공부 방향과 과제를 지시해 내는 능력에는 감탄이 저절로 나온다. 한 번 지시한 것은 절대 잊지 않고 끈질기게 확인하니 대충 넘어가지 못한다. 그런 과정이 쌓이니 저절로 실력이 향상된다. 국어는

소년 프로파일러와 기숙학원 테러사건

자신이 없는 과목이었는데 이제는 2등급과 1등급을 오가는 실력이 되었다. 이성식 선생에게 툭하면 대드는 선우조차 국어 수업시간이 되면 고분고분해질 정도로 이성식 선생은 잘 가르친다.

점심시간에 선우는 다시 단합대회 얘기를 꺼냈다.

"서명을 받아서 쌤에게 요구할 계획이야. 너희들은 서명만 해. 그다음은 내가 책임질게."

그러고는 언제 만들었는지 서명용지도 꺼내 보였다. 점심을 먹고 나자 선우는 친한 애들부터 서명을 받았다. 몇 명이 서명하니 눈치 보던 애들도 서명에 동참했다. 괜히 튀고 싶지 않아서 나도 대세에 편승했다. 솔직히 한 번쯤 하루 내내 놀고 싶기도 했다. 대부분 서명을 했지만 203호는 아무도 참여하지 않았다. 문수는 냉랭하게 굴었고, 연규는 비웃었으며, 동훈이는 더 고민해보겠다고 했다. 재오는 눈길조차 주지 않았다. 선우는 민아에게 서명용지를 건네며 여자애들에게서 서명을 받아달라고 부탁했다. 민아는 잠시 고민하더니 서명용지를 받아 갔다.

서명을 받느라 여유 시간이 얼마 안 남았지만, 선우는 농구공을 들고 농구대로 갔다. 선우를 비웃던 연규도, 선우와 사이가 별로 안 좋은 동훈이도 농구는 같이 했다. 물론 나도 같이 끼어서 어울렸다. 그때 농구대 옆으로 재오가 종종걸음으로 지나갔다.

"저 새끼는 땀나면 큰일 나고, 약 처먹으면 건강해지는 줄 알아."

재오가 들으라는 듯 선우가 큰 소리로 비웃었다.

"멍청한 새끼. 저렇게 약만 처먹어 대다가는 언젠가 제대로 탈이 날 거야."

같이 농구 경기를 하던 애들은 못 들은 척했다. 괜히 갈등에 휘말리고 싶지 않았기 때문이다.

오후 5시 30분, 학습관에서 나왔다. 생활관에 가방을 놓고 식당으로 갔다. 5시 40분, 식당 문이 열렸고, 맛있게 저녁 식사를 했다. 식사가 끝나면 7시까지는 완전한 자유다. 이 시간에 애들은 주로 운동하고 나도 마찬가지다. 농구나 헬스를 주로 하는데, 피곤하면 가볍게 운동장을 걷는다. 그런데 이 시간이면 늘 농구를 하는 선우가 방에 들어오자마자 서명용지를 챙겨서 나가려고 했다.

"어디 가려고?"

"203호!"

"걔네들이 서명을 해주겠냐?"

"한 명이라도 설득해서 받아야지. 203호가 통째로 빠지면 좀 그렇잖아."

선우는 서명용지를 흔들면서 방문을 나섰다.

농구를 할 생각이었는데 선우가 그렇게 나가니 운동하고 싶은 의욕이 싹 사라졌다. 그날따라 산책하러 가기 싫어서 생활관에서 쉬기로 했다. 모처럼 아무것도 안 하고 침대에 누워서 노닥거렸다. 이래도 되나 하는 불안감이 언뜻 스쳤지만 흘려보냈다. 민권이와 찬영이는 나가고 없었다.

한참 뒤 선우가 씩씩대며 들어왔다.

"하여튼 그 새끼들은……."

선우는 서명용지를 집어던졌다. 203호에서 서명을 전혀 받지 못한 모양이었다. 나는 실패할 줄 알았는데 선우는 조금은 기대했나 보다.

시계를 보았다. 이제 곧 간식을 받으러 가야 할 때였다.

"야, 기분 풀어. 걔들이 그런 게 한두 번이냐. 간식이나 받으러 가자."

선우가 잠시 감정을 추스를 시간을 준 뒤에 간식을 받으러 함께 준비실로 갔다. 간식을 받으러 온 애들로 준비실은 바글거렸다. 간식을 받는 절차는 간단하다. 먼저 받아 가는 사람 이름을 쓰고, 방별 간식이 담긴 종이봉투를 들고나오기만 하면 된다. 종이봉투에 든 간식은 늦은 밤에 위장을 쥐어짜며 찾아오는 허기를 달래기에는 언제나 모자라다. 허기가 극에 달하는 한밤중에 먹을 거라고는 이 간식밖에 없기에 우리는 조금이라도 간식을 더 챙기려고 아부도 하고, 조르기도 한다. 한 움큼 간식을 더 얻으려고 별짓을 다 한다.

그러다 얼마 전 반전이 일어났다. 203호 문수가 한밤중에 우리 방에 들어오더니 간식이 남는다며 우리 방에 주고 가는 게 아닌가? 이 기숙학원에서 간식을 주는 행위는 자신이 시험에서 받은 점수를 떼어주는 것만큼 엄청난 시혜다. 웬만해선 베풀기 힘든, 거의 불가능한 너그러움이었다.

"고맙긴 고마운데, 너 미친 건 아니지?"

찬영이가 간식을 덥석 받으며 물었다.

"미치긴……. 남았는데 버리면 아깝잖아."

문수는 소중한 간식을 아무렇지 않게 넘겨주고는 가버렸다. 이유야 어쨌든 한밤중에 예상하지 못한 간식을 받은 우리는 너무 신났다. 그런데 허기가 채워지자 의구심이 싹텄다. 203호 녀석들이 갑자기 봉사심이 넘쳤을 리는 없고, 아르바이트 형이 203호만 특별히 많이 챙겨줬을 리도 없었다. 그렇다면 우리가 모르는 묘수를 쓰는 게 분명했다. 우리는 그 방법이 뭔지 알아내기로 했다.

그다음 날, 잔머리가 잘 돌아가는 찬영이가 203호 녀석들이 어떻게 하는지 조사했다. 찬영이가 알아낸 방법은 허탈할 만큼 단순했다. 2인 1조가 비법이었다. 두 사람이 가서 한 사람이 시선을 끄는 사이에 다른 한 사람이 몰래 창고로 들어가서 훔쳐 오는 단순한 방법이었다. 그걸 몰라서 몇 개월째 모자란 간식을 탄식하며 지냈다니, 어처구니가 없었다. 공부하는 데만 머리가 돌아가고 이런 잔머리가 돌아가지 않은 우리 자신을 타박했다. 학원이 지키라고 하는 규칙은 경중을 따지지 않고 무조건 따르는 스스로가 한심했다.

우리는 그다음 날부터 곧바로 203호와 같은 방법을 사용했다. 둘이 간다고 해도 훔치기가 쉽지만은 않았다. 틈새를 잘 노려야 했다. 선우와 내가 짝을 짓고, 찬영이와 민권이가 짝을 지어서 번갈아 갔다. 선우와 갈 때면 솜씨가 좋은 선우가 창고에 들어가 훔치고, 나는 아르바이

소년 프로파일러와 기숙학원 테러사건

트 형 시선을 *끄*는 역할을 했다. 그날도 마찬가지였다. 나는 종이봉투에 든 간식을 확인하고는 더 달라고 졸라댔다. 묵묵히 받아 가는 애들보다 나처럼 더 달라고 졸라대는 애들이 많기에 준비실 안은 혼잡하고 시끄러웠다. 우리 성화에 못 이겨 아르바이트 형은 마지못해 조금씩 과자를 더 챙겨주었다. 그렇지만 우리가 만족할 만한 양은 아니었다.

"한 개만 더 줘요."

"이 이상은 안 돼."

"형! 우리 방은 짝수인데 과자를 홀수로 주시면 어떻게 해요."

"더는 안 된다니까."

내가 이러고 있을 때 선우는 준비실 안쪽 창고로 들어가 과자를 몰래 챙겼다. 선우가 창고에 들어갈 때쯤 연규는 이미 창고에서 나오고 있었다. 과자를 챙겼으면 나갈 줄 알았는데 연규는 모른 척하고는 다시 내 옆으로 왔다. 그러자 그때까지 내 앞에 있던 동훈이가 은밀하게 창고로 향했다. 동훈이가 들어갈 때 선우가 창고에서 나오면서 손으로 동그라미를 그렸다. 나는 아르바이트 형에게 고맙다고 하고는 종이가방을 들고나왔다.

"203호 애들 둘 다 창고에 몰래 들어갔다 온 거 맞지?"

내가 물었다.

"내 앞에 연규, 내 뒤에 동훈이었잖아. 걔네들은 서로 사이도 안 좋으면서 이럴 때는 또 죽이 척척 맞아."

"우리도 그렇게 할까? 그럼 두 배는 더 가져오잖아."

"됐어. 간식으로 배 채울 것도 아니고. 심하게 하다가는 아예 못 하게 되는 수가 있어. 뭐든 적당히 해야지."

간식을 챙겨서 생활관으로 돌아온 뒤에 나는 의자에 앉아 과자를 먹으며 가볍게 영어 단어를 외웠다. 민권이는 내 앞에서 국어 문법 요약집을 반복해서 읽었다. 찬영이는 늘 그렇듯이 아무것도 안 하고 노닥거렸다.

자습시간이 다가오자 나는 공부할 짐을 챙겨서 밖으로 나왔다. 복도는 자습실로 가는 애들로 북적였다. 나는 자습실 앞 휴게실에 들렀다. 휴게실에는 자습하는 동안 마실 음료가 준비되어 있다. 내가 마시는 음료수는 오렌지주스다. 계속 오렌지주스를 마시다 몇 번 다른 음료수로 바꾸었는데 속이 불편해서 공부에 집중하지 못한 적이 있다. 그 뒤로 늘 오렌지주스만 마신다. 이런 걸 보면 이성식 선생 말이 맞는다. 작은 습관도 함부로 바꾸면 안 된다. 우리 같은 재수생은 작은 변화에도 몸과 마음이 민감하게 반응한다. 사소하지만 중요한 깨달음을 얻은 뒤로는 학원이 알려준 방식을 그대로 수행하려고 애를 쓰게 되었다. 처음에는 어려웠지만, 몸에 배면 편할 뿐 아니라 효과도 좋았다.

내 앞 애가 음료수를 따라서 가려는 걸 기다리는데 갑자기 앞쪽이 어수선해졌다.

"야, 이게 뭐야."

"어, 미안!"

문수와 동훈이가 부딪치면서 문수가 음료수통과 텀블러를 떨어뜨린 것이다. 통에 담겨있던 음료수마저 통째로 바닥에 쏟아졌다. 문수는 바지까지 젖었다. 경찰은 자꾸 그때 벌어진 일이 누구 책임이냐고 묻는데, 나는 잘 모르겠다. 동훈이가 실수했는지, 동훈이 뒤에 있는 선우가 일부러 밀었는지, 아니면 문수 옆에 있던 연규가 밀쳤는지 모르겠다. 내가 보기에는 우연한 사건이다. 그 시간이면 휴게실은 늘 혼잡스러웠고 언제든지 그런 충돌이 날 가능성이 있었다. 내 기억으로는 열흘쯤 전에도 비슷한 일이 일어났었다. 자연스러운 일이었는데 경찰이 왜 그 충돌에 주목하는지 모르겠다.

문수는 투덜거리면서 방으로 다시 갔고, 나는 오렌지주스를 텀블러에 받아서 자습실로 들어갔다. 내 자리 왼쪽은 선우, 오른쪽은 민권이다. 지정좌석제여서 다른 자리에는 못 앉는다. 시계를 봤다. 곧 7시였다. 나는 심호흡을 했다. 이제부터 110분을 버텨야 한다. 이 학원에서는 국・영・수 수업도, 자습도 110분 동안 진행된다. 처음 학원에 들어왔을 때 선생님들은 한결같이 110분 버티기를 강조했다. 110분은 수능 수학 시험 시간과 관련이 있다.

수능에서 수학에 배정된 시간이 100분이다. 그 100분 동안 집중력을 흐트러뜨리지 않고 유지해야 한다. 그래서 학원에서는 100분이 아니라 110분을 버티라고 요구한다. 100분 동안 집중하려면 쉬는 시간부터 집중력을 끌어올려야 하기에 10분을 덧붙인 것이다. 110분 집중에는 작은 이탈도 허용되지 않는다. 화장실은 당연히 못 간다. 일단 자리에 앉으면 어떤 상황이 닥쳐도 그 자리에서 그대로 버텨야 한다. 잡념에 빠져서도 안 되고, 딴짓하거나 자세가 흐트러져도 안 된다. 조금이라도 흔들리는 조짐이 보이면 CCTV에 모두 찍혀서 이성식 선생이나 상담실로 전달된다. 심하면 곧바로 생활지도 선생님에게 끌려가 정신교육을 받아야 하고, 그다음 날 이성식 선생에게 모진 야단을 맞아야 한다.

나는 오렌지주스를 한 모금 마시고 심호흡을 했다. 7시를 알리는 신호를 듣자마자 곧바로 공부에 집중했다. 선생님들이 부족하다고 했던 부분을 보충하고, 집중하여 공략하라고 한 지점을 파고들었다. 처음에는 지시한 대로 따르는 공부만 하다 보니 뭔가 불안했지만 갈수록 믿음이 생겼다. 하라는 대로만 하면 확실히 실력이 늘었다. 그럴수록 믿음이 더 강해졌고, 지시를 더 충실히 이행하려고 노력하게 됐다. 물론 그게 거듭되면서 내가 시험 기계가 되는 것 같아 찜찜했지만, 목표는 수능 고득점이기에 그런 찜찜함 따위는 무시했다.

뒤늦은 고백이지만, 나도 이성식 선생님을 무조건 따르는 추종자에 가깝다. 언제나 결과가 좋았기 때문이다. 이성식 선생님을 만나면서 나는 내 실력에 믿음이 생겼다. 열심히 공부해도 불안을 떨치지 못했는데 몇 달 만에 3등급에서 1등급을 넘겨볼 만큼 실력이 늘었다. 자신감이 올라가는 건 당연했다. 그 자신감은 더 열심히 공부하게 만들어 줬고, 일취월장하는 나를 보면 뿌듯했다. 이 모든 게 이성식 선생님 덕분이었다. 교실 뒷면 게시판을 꽉 채운 놀라운 입시 성과는 우연이 아니었다. 그래서 재오와 문수 정도는 아니지만 나도 이성식 선생님을 무조건 신뢰하고 따르는 편이다. 그래서인지 그 선생님 뒷말을 아무렇지 않게 하고, 마치 자기가 잘나서 실력이 늘었다고 으스대는 선우가 탐탁하지 않다.

한참 집중해서 공부하는데 민권이 나갔다. 조금 뒤 동훈이도 나갔다. 이동은 금지인데 왜 저러는지 모르겠다는 잡생각을 잠깐 했다.

'내가 이러면 안 되는데……'

이성식 선생님이 했던 말이 나를 매섭게 꾸짖었다.

"지진이 나서 건물이 흔들려도 꼼짝 말고 공부해! 선생님이 대피하라고 하지 않는 한 그대로 있어! 위험하면 대피하라고 한다. 그런 지시가 없다는 것은 대피할 정도로 큰 사고는 아니란 뜻이다. 위험하지도 않은 흔들림에 반응한다는 것은 집중력이 그만큼 약하다는 증거다. 뉴턴 같은 천재에게 왜 바보 같은 일화가 많은지 아는가? 연구에 그만큼 몰두했기 때문이다. 연구에 온 신경을 집중하니 주변인들이 보기에 바보 같은 짓을 한 것이다. 너희는 뉴턴이 되어야 한다. 일상은 바보지만, 시험은 천재인 뉴턴이 되어야 한다! 지금 너희 자신을 봐라! 지진이 나지도 않았는데, 겨우 110분을 못 견디고 잡생각을 하고, 공부와 상관없는 몸놀림을 한다. 그따위 정신으로는 인생이 걸린 이 전쟁터에서 승리하지 못한다. 전쟁에서 패하면 누가 책임을 질까? 내가? 전혀! 부모가? 부모도 어차피 타인이다. 실패한 책임은 오로지 너희들 인생 전부로 감당해야 한다. 인생을 패배로 몰아넣고 싶지 않으면 꼼짝도 하지 마라! 110분을 버텨라!"

흐트러지는 나를 다잡았다. 다른 경쟁자가 무엇을 하든 흔들리면 안 된다. 나는 내가 하는 공부에만 집중해야 한다. 민권이는 한참 동안 돌아오지 않았고, 동훈이는 얼마 뒤에 또 나갔다가 들어왔다. 그러고 얼마 뒤 생활지도 선생님이 동훈이를 불러냈다. 아마 동훈이는 따끔한 정신교육을 받을 것이다. 요즘 동훈이는 상태가 별로 안 좋다. 6월 모의고사를 망친 걸로 안다. 그전에도 종종 방황하는 모습을 보였는데 모의고사 뒤로는 더 심해졌다. 특히 6월 모의고사가 끝나고 집에 다녀오고 나서는 정신줄을 놓은 듯했다. 힘들다는 말을 입에 달고 살았는데 나는 모른 척했다. 동훈이가 어떻든 나랑 무슨 상관이란 말인가? 나는 흔들리면 안 된다. 자꾸 신경이 분산되는 것은 좋은 징조가 아니다. 나는 동훈이를 머리에서 지우고 내 공부에 집중했다.

110분을 버틴 뒤 자리에서 일어났다. 휴게실과 화장실이 애들로 북적였다. 나는 다시 오렌지주스를 내가 마실 만큼만 텀블러에 따랐다. 내가 마시는 양은 늘 일정하고, 다른 애들도 마찬가지다. 욕심을 내서 더 가져가지 않는다. 아르바이트 형이 필요한 만큼 준비해 놓기에 욕심을 낼 이유도 없다. 음료수를 준비하는 것만 봐도 이 학원이 얼마나 철저한지 알 수 있다. 작은 것 하나도 빈틈이 없는 완벽함! 이 기숙학원에 가장 어울리는 단어는 바로 완벽함이다. 오렌지주스를 자리에 가져다 놓고 화장실에 다녀왔다. 2차 자습시간을 기다리며 호흡을 가다듬었다.

소년 프로파일러와 기숙학원 테러사건

그때 연규가 가방을 챙겨서 나가는 모습이 보였다. 연규도 참 걱정이다. 다 같이 하는 자습에 적응을 못 해서 이 시간이면 늘 나간다. 혼자 공부하는 게 자기에게 맞는다면서 단체자습실을 혼자 쓴다. 수능은 여럿이 같이 모인 교실에서 보는데 혼자 있을 때만 집중력이 올라간다면 평상시에는 괜찮을지 몰라도 수능 당일에는 집중력을 최대치로 끌어올리지 못한다. 저렇게 잘못된 습관이 들면 실력만큼 성적이 나오지 않는다. 충고해주고 싶지만 내 인생이 아니기에 굳이 나서지는 않았다.

2차 자습을 알리는 신호가 울렸다. 다시 심호흡하고 공부에 집중했다. 문제를 읽고 손을 움직였다. 출제자가 확인하려는 실력이 무엇인지, 출제자가 사용한 속임수가 무엇인지 파악하며 문제에 접근했다. 손과 눈이 협력하며 문제로 쌓은 장벽을 깨뜨리며 나아갔다. 점점 집중력이 높아졌다. 이럴 때 쾌감을 느낀다. 공부에 몰입하면 모든 잡념이 사라지고 공부와 나만 남는다. 몰입이 최고치에 이르면 나조차 사라지고 오직 문제만 남는 순간이 찾아온다. 집중력이 최고치에 도달하는 시점이다. 그런데 극점에 도달하기 직전, 내 뒤로 누가 지나가는 기운이 느껴졌다. 안 봤어야 하는데, 무심코 시선이 뒤로 향했다. 이런 작은 자극에도 정신이 흐트러지다니, 나는 아직 멀었다.

'문수? 쟤가 웬일이지?'

문수는 이제까지 단 한 번도 자습 시간에 움직인 적이 없었다. 일단 자리에 앉으면 110분은 동상처럼 공부했다. 문수만큼 흔들림 없이 공부하는 애는 2층에서 재오밖에 없다. 그런 문수가 자습시간에 움직이다니 이상했다. 문수는 서서 공부하는 책상으로 갔다.

'문수도 졸음은 어쩌지 못하는 건가?'

그런 생각을 하며 조금은 위안을 받았다. 문수가 흐트러지는 모습을 보니 괜히 안심되었다. 맑은 기분으로 다시 문제를 붙잡았다. 집중력이 빠르게 올라갔다. 극한 몰입이 되도록 모든 신경을 지웠다. 드디어 이성식 선생님이 늘 강조하는 그 지점에 이르려는 순간……!

쿵!

소리가 났다.

'안 돼! 지진이 나더라도 움직이면 안 돼!'

나는 눈을 돌리지 않고 문제를 풀었다. 흔들리던 정신을 다잡았다.

"문수야!"

"왜 저래?"

"문수가 이상해!"

문수에게 무슨 문제가 생긴 모양이었다. 자습실이 점점 소란스러워졌다. 그런데도 버텨야 했지만, 나는 버티지 못했다. 차라리 지진이면 참겠지만 문수에게 무슨 일이 생겼다는 말에 눈길을 돌리지 않을 수 없었다.

문수가 민권이 자리 뒤에 쓰러져 있었다. 나는 화들짝 놀라서 일어났다. 문수 얼굴빛이 안 좋았다. 호흡이 거칠었다. 문수는 목을 움켜쥐고 괴로워했다.

"무슨 일이야?"

"어떻게 해야 돼?"

나뿐 아니라 다른 애들도 어찌할 바를 몰라서 문수 둘레에 서 있기만 했다. 재오와 동훈이가 애들을 밀치고 문수에게 달려왔다. 재오가 문수 허리춤을 더듬었다.

"뭐야? 왜 없어?"

재오 얼굴빛이 사색이 되었다.

"저기… 내… 자…리…에."

문수가 힘겹게 말을 내뱉었다.

문수 말이 끝나자마자 재오는 문수 자리로 뛰어갔다. 그러고는 작은 손가방을 들고 왔다. 손가방은 문수가 늘 차고 다니던 것이었다. 문수에게 꼭 필요한 응급용품이라는 소리만 들었는데, 그게 뭔지 나는 잘 모른다. 재오는 손가방에서 플라스틱 통을 꺼냈다. 플라스틱 통을 열고 재오가 뭔가를 꺼냈다. 재오 손에는 보드마카 두 개가 들려 있었다. 보드마카가 그 안에 왜 들어 있는지 알 수 없는 노릇이었다. 재오는 당황하더니 보드마카를 들고 손을 휘저었다. 처음에는 무슨 뜻에서 하는 행동인지 몰랐다. 나중에야 CCTV를 향한 손짓임을 알아차렸다.

"야, 누가 빨리 생활지도 선생님에게 알려!"

재오가 소리를 질렀고, 자습실 출입문 쪽에 있던 어떤 애가 뛰어나가는 모습이 보였다. 뭘 어떻게 할 방법을 몰랐기에 무기력하게 걱정만 했다. 초조하게 기다리는데 얼마 뒤 간호사가 와서 응급처치를 했다. 간호사는 주사를 두 대나 놨고, 119구조대가 올 때까지 문수를 진정시켰다.

경찰은 그때 이상한 움직임을 못 봤는지 꼬치꼬치 캐물었다. 그때 애들이 어떻게 움직였는지가 왜 중요한지 모르겠지만, 나는 아는 바가 없다. 경찰에게 그런 질문을 받았을 때 CCTV에 다 나와 있지 않느냐고 되물었을 정도였다. 경찰은 그때 CCTV가 문수에게 초점을 맞추느라 주변을 전혀 찍지 못했다는 사실을 알려주었다. 이 학원 CCTV는 정밀하게 조정해서 보고자 하는 애들을 확대해서 보는 기능이 있다. 특히 자습실 통로에 설치된 CCTV는 레일을 따라 움직이며 원하는 대상을 자유롭게 찍는다. 학원 입학설명회를 할 때 학원 측에서 강조하며 자랑했던 기능이었다.

아무튼 다른 애들이 어떻게 행동했는지는 모르겠지만 두 가지는 확실하다. 재오는 계속 문수 옆에 있었고, 나는 재오와 문수를 바로 뒤에서 처음부터 끝까지 지켜보았다. 다들 어찌할 바를 모르며 구경만 할때 재오는 문수를 어떻게든 도우려고 애썼다. 다른 애들은 모르겠지만 나는 구급대가 올 때까지 꼼짝도 하지 않고 재오 뒤에 있었다.

문수가 실려 가고 우리는 다시 자습했다. 머리가 혼란스러웠지만, 낯선 사람이 자습실을 오고 갔지만, 문수 자리에 접근금지 팻말이 붙었지만, 무시하고 공부에 임했다. 나는 재수하는 수험생이고, 이런 상황에서도 흐트러지면 안 된다.

10시 50분에 2차 자습을 마치고 일단 방으로 돌아갔다. 11시부터 10분 동안은 점호 시간이다. 점호라고 해봐야 문을 열어놓고 안에 가만히 서 있으면 생활지도 선생님이 그냥 쓱 보고 지나가는 것이 전부다. 그런데 그날 생활지도 선생님은 우리 방으로 들어와 선우를 다그쳤다.

"이선우! 너, 이상한 짓은 안 하는 게 좋아."

"제가 뭘?"

"다 알고 있어. 지금은 이 정도로만 경고할게. 네가 조금이라도 생각이 있다면 이제 그만 멈추는 게 좋을 거야."

늘 침착하던 선우였는데 그때는 당황한 듯했다. 그렇게 당황하는 모습은 처음이었기에 무척 인상이 깊었다.

점호가 끝나고 나는 다시 자습실로 갔다. 3차 자습은 각자 자율이기에 안 해도 되지만 거의 모든 애들이 자습실에서 공부했다. 2차 자습 때 문수가 쓰러지면서 못 한 공부가 있기에 더 열심히 집중했다. 선생님들이 준 과제를 끝내기 위해 최선을 다했다. 1시가 넘으면 자습 금지이기에 1시까지 공부하고 방으로 들어왔다. 침대에 누웠는데 아래쪽에서 선우가 심하게 뒤척이는 소리가 들렸다. 침대에 누우면 곧바로 잠이 드는 선우인데 그날은 그러지 못했다.

다음 날 아침, 그 전날과 똑같이 6시에 일어나서 씻고 밥 먹으러 갔다. 병원에 간 문수에 관한 소식이 궁금했지만 아무도 입에 올리지 않았다. 아침을 먹고 방에 올라와서 어제와 같이 수학 문제와 풀이를 읽었다. 뜬금없이 선우가 샤워하겠다면서 화장실에 들어갔다. 선우가 아침 식사 뒤에 샤워한 적이 있었던가? 잘 모르겠다. 어쨌든 최근에는 없었다. 선우가 화장실에 들어가고 조금 뒤부터 물소리가 들렸다. 나와 민권이는 의자에 앉아 공부했고, 찬영이는 늘 그렇듯이 침대에서 노닥거렸다.

쾅!

갑자기 폭음이 들렸다. 꽤 큰 폭음이었다. 어떤 상황에서도 흔들림 없이 공부하라고 교육을 받았고, 웬만해선 흔들리지 않는 우리였지만, 듣고 가만히 있기에는 지나치게 큰 폭발음이었다. 우리는 놀라서 밖으로 뛰어나왔다.

"으아악!"

굳게 닫힌 203호 안에서 괴성이 들렸다. 203호에서 끔찍한 일이 벌어진 게 분명했다. 고통에 전 괴성은 더욱 짙어졌고, 조금 뒤 연규가 피투성이가 된 손으로 뛰어나왔다.

"재오가 다쳤어! 빨리 간호사 선생님 불러! 야, 뭐해 새끼야, 빨리 불러와!"

누가 뛰어갔고, 열린 문 사이로 언뜻 본 203호 안에서 피투성이가 된 재오가 몸부림치며 나뒹굴고 있었다. 무서운 광경이었다. 곧이어 생활지도 선생님과 간호사 선생님이 왔다. 조금 뒤 우리는 방으로 쫓겨 들어왔고, 119구급차 소리를 들었다. 119구급차가 사라진 뒤 우리는 다른 때와 마찬가지로 학습관으로 가서 수입을 들었다. 수업은 그 전날과 조금도 다름없었다. 선생님들은 마치 아무 일도 없었다는 듯이 열성을 다해 수업에 임했다.

소년 프로파일러와 기숙학원 테러사건

그날 저녁, 무슨 일인지 모르지만 연규가 병원으로 갔다. 재오 때문인지, 문수 때문인지 모르겠다. 아니면 둘 모두와 관련이 있을지도 모른다. 무척 궁금했지만 궁금증을 풀 길은 전혀 없었다. 나는 평소와 똑같이 공부하다가 자야 할 시간에 잤다.

다음 날 아침에 문수가 돌아왔다. 문수는 그동안 비어 있던 생활관에서 다시 지냈다. 무슨 일 때문인지 모르지만 동훈이는 4층으로 방을 옮겼고, 선우도 3층으로 옮겨갔다. 그 둘은 방이 바뀌면서 반도 바뀌었다. 문수는 3층과 4층에서 온 새로운 애들과 생활했다. 우리 방은 당분간 3명이 생활하라는 지시가 내려왔다. 며칠 뒤 치료를 마친 연규가 병원에서 돌아왔고 연규도 4층으로 방을 옮겼다. 그리고 4층에 있던 애가 문수네 방으로 내려왔다. 몇 번 경찰이 찾아와 조사한 것만 빼면 그전과 달라진 점은 없었다. 우리는 학원과 선생님이 시키는 대로 공부를 했다. 오직 수능만 바라보며 지내는 생활이 이어졌다.

경찰 수사를 받으면서 연규, 선우, 동훈이 용의자라는 것을 알아차렸다. 나는 셋이 용의자라는 사실을 입 밖으로 꺼내지 않았다. 말해서 좋을 게 없었다. 그런데 경찰 수사를 받은 다른 애들은 근질근질한 입을 참지 못했다. 셋이 용의자라는 소문이 빠르게 퍼졌다. 애들은 용의자로 의심받는 자세한 이유도 모르면서 그 세 명을 멀리했다.

문수는 그 전과 다름없이 지냈다. 아니 더 자신감 넘치고 더 열심히 공부에 몰두했다. 그런 사고를 당한 애라고는 믿어지지 않을 정도였다. 그 반면에 세 명은 크게 달라졌다. 선우는 당당함을 잃어버렸다. 더는 나서지 않았고 운동장에서도 사라졌다. 그렇게 바뀐 원인이 의심이나 소문 때문인지, 진짜 범죄를 저질러서인지는 알 수가 없었다. 동훈이는 더 우유부단해지고 공부를 거의 포기한 상태가 되었다. 연규도 심하게 타격을 입었다. 연규와 같은 방을 쓰는 친구에게 들었는데, 연규는 하루 내내 아무 말도 안 한다고 했다. 자유분방하고 거침없던 모습은 완전히 사라지고, 학원이 정한 방식에 따라 묵묵히 공부만 한다고 했다.

그러나 나는 곧 그 셋에 관한 관심을 거두어들였다. 남이 어떻든 내게는 중요하지 않기 때문이다 우리는 경쟁자고, 나는 더 높은 곳을 향해 나가야 한다. 나와 벌이는 싸움도 벅찬데 다른 사람을 걱정할 겨를은 없었다. 그 셋은 바뀌었지만, 학원은 바뀌지 않았다. 학원은 예전처럼 굴러갔다. 마치 아무 일도 없었던 듯이.

04

나는 그 눈빛을 보았다

정혜(여 203호)

문수가 아나필락시스를 당하면서 나는 걱정이 많아졌다. 나도 문수와 같은 처지이기 때문이다. 문수는 메밀이고 나는 새우다. 새우는 내게 위험한 음식이다. 어릴 때 무심코 새우를 먹었다가 호흡 곤란이 와서 두 번이나 병원에 실려 갔다. 처음에는 왜 그런지 몰랐다가 정밀검사를 받은 뒤에야 내 몸이 새우에 급성 알레르기 반응을 보인다는 사실을 알았다. 그 뒤로 무엇을 먹을 때마다 조심하는 버릇이 생겼다. 식당에 가면 새우가 들어간 요리인지, 새우로 우려낸 국물인지 꼭 물어보았다. 과자를 살 때는 포장지에 인쇄된 성분표를 처음부터 끝까지 꼼꼼하게 읽었다. 그래도 안심이 안 돼서 응급용 주사기를 꼭 휴대하고 다녔다. 학교에 다닐 때는 무척 괴로웠다. 학교에서는 내 처지를 아예 고려해주지 않았다. 툭하면 새우로 국물을 우려낸 국이 나왔고, 새우가 직접 들어간 요리도 심심찮게 등장했다. 그럴 때마다 조심스럽게 급식을 먹었고, 겁이 날 때는 아예 급식실에 가지 않았다.

이 기숙학원을 택한 이유 가운데 하나가 바로 꼼꼼한 식단 관리였다. 내 상황을 말하자 학원 상담사는 영양사와 연락을 하더니, 이 학원에 머무는 동안에는 모든 요리에서 새우 성분을 빼겠다고 약속해주었다. 간식으로 제공되는 과자도 새우 성분이 없는 걸로만 제공하라고 거래처와 계약을 하겠다는 약속도 했다. 그 정도로 나를 챙겨주는 곳은 이제껏 없었기에 나는 안심하고 이 기숙학원을 택했다. 문수도 마찬가지 약속을 받고 들어왔다.

음식에 관한 한 어쩌면 집보다 안전한 곳이 이 학원이었다. 그런데 믿었던 이곳에서 문수가 당했다. 누군지 모르지만 고의로 문수가 메밀을 먹게 했고, 몰래 응급용 주사기마저 훔쳐 갔다. 아나필락시스 위험을 안고 사는 나와 문수 같은 사람에게서 응급용 주사기를 훔친 뒤 알레르기 물질을 몰래 먹이는 짓은 살해 시도로 봐도 무방하다. 간호사는 선생님이 조금만 늦게 왔거나, 만에 하나 보건실에도 응급용 주사기가 없었다면 어찌 될 뻔했는가? 생각만 해도 끔찍하다. 혹시 나도 당할지 모른다는 두려움으로 인해 며칠 동안 악몽을 꾸었다.

처음 학원에 들어온 날, 내 방 친구들은 다 같이 보건실에 가서 교육을 받았다. 문수와 같은 방을 쓰는 친구들도 그 자리에 있었다. 간호사 선생님이 아나필락시스가 무엇인지 설명하고, 평상시에 어떻게 조심해야 하며, 혹시라도 발생했을 경우 어떻게 도와줘야 하는지 가르쳤다. 에피네프린 주사기 사용법을 배운 뒤 모형 주사기로 실습도 했다. 나와 문수는 과거 경험을 들려주며 아나필락시스가 얼마나 무서운지 이해하게 도왔다.

문수는 어릴 때 냉면을 엄청나게 좋아했었단다. 냉면을 처음 먹었을 때부터 알레르기 반응이 일어났는데 당시에는 알아채지 못했다고 한다. 알레르기 반응이 점점 심해졌지만, 그 원인이 메밀이라고는 어림도 못 했다. 그러던 어느 날 유명한 식당에서 냉면을 맛있게 먹고 난 뒤 갑자기 아나필락시스가 일어났고, 응급실에 실려 갔다. 의식을 잃을 만큼 심했는데, 그다음 날에야 간신히 깨어났다. 그때서야 문수는 메밀을 먹으면 급성 알레르기 반응이 일어난다는 걸 알았다. 그 뒤로 두 번 더 아나필락시스를 겪었다. 한 번은 실수로 많은 메밀에 노출되었는데 자가주사기를 깜박 잊고 챙기지 않아서 목숨을 잃을 뻔한 위기를 겪었다. 또 한 번은 메밀에 미량 노출되었지만, 곧바로 자가주사기로 대응을 해서 아무렇지 않게 넘어갔다. 그 뒤부터 문수는 에피네프린 자가주사기를 꼭 챙겨 다니는 습관이 들었다. 온도가 지나치게 높으면 주사제에 변형이 일어날 수도 있기에 늘 조심했고, 식사를 하기 전에는 주사제가 정상인지 반드시 확인했다.

그날 저녁식사를 하기 직전에도 문수는 분명히 주사기 상태를 확인했을 것이다. 그러니 주사기를 훔치고 보드마카를 문수 손가방에 넣을 기회는 저녁식사 시간과 자습시간 사이밖에 없었다. 경찰이 동훈, 연규, 선우를 범인으로 의심한다는 소문이 도는데 내가 봐도 타당한 의심이다. 그 짓을 할 기회가 셋에게만 있었기 때문이다. 그렇지만 셋 가운데 누가 했는지는 오리무중이다. 나는 연규는 잘 모르지만, 선우와 동훈이는 알 만큼 안다. 나는 둘 중 한 명이 범인일 가능성이 크다고 본다. 그 까닭은 바로 민아 때문이다. 그리고 아무에게도 말 안 했지만 나는 민아가 몹시 의심스럽다.

민아는 예쁘다. 남자들이 좋아할 외모다. 민아는 쾌활하고 친절해서 여자인 내가 봐도 호감이 간다. 재수하는 동안에는 연애를 안 하겠다고 굳게 결심했더라도, 내가 남자라면 한 번쯤 사귀고 싶을 정도다. 방을 배정받은 날 저녁에 보건실에서 아나필락시스 교육을 받을 때 문수와 민아가 처음 만났다. 둘은 바로 서로에게 호감을 보였다. 나는 아나필락시스를 겪은 뒤로 조심조심 지내느라 자신감이 떨어지고 성격도 우울해졌는데, 문수는 그렇지 않았다. 자신이 처한 위급한 상황을 농담 소재로 삼았고, 애들은 깔깔거리며 웃었다. 같은 처지임에도 나와 다른 태도로 살아가는 문수를 보고 특별한 느낌을 받았는데, 민아는 그 느낌을 더 강하게 받은 듯했다.

그날 이후, 민아와 문수는 빠르게 가까워졌다. 이성식 선생은 연애는 패배로 가는 지름길이며, 승리를 가로막는 방해꾼이라고 가르쳤지만 둘은 그 가르침을 무시했다. 수업 중에 몰래 시선을 주고받았고, 쉬는 시간이면 자연스럽게 어울렸다. 나와 둘이 있을 때면 민아가 감시 망에 걸리지 않고 문수와 만난 이야기를 모험담처럼 들려주기도 했다. 공부에 짓눌리지 않았다면, 곳곳을 감시하는 CCTV가 없었다면, 수업 이 끝나면 분리되어 지내는 환경만 아니었다면, 휴대전화는 집에 갈 때 빼고는 아예 만지지 못하는 상황이 아니었다면, 둘은 진하게 연애 를 했을 것이다. 연애하기에는 최악인 환경으로 인해 둘은 서로 좋아 하면서도 제대로 된 연애를 하지는 못했다.

동훈이도 민아를 은근히 좋아했지만 대놓고 표현은 못 했다. 수업 때 힐끗 민아를 보기도 하고, 쉬는 시간에 괜히 가까이 오기도 했지만, 그 이상은 나아가지 못했다. 선우도 민아를 좋아했지만, 문수 눈치를 보며 조심스러워했다. 선우는 자기표현에 거리낌이 없었지만, 친구와 우정이 먼저였다. 민아는 동훈이와 선우가 자신을 좋아하는 것을 알면 서도 스스럼없이 그 둘을 대했다. 내가 볼 땐 일부러 민아가 확실하게 선을 긋지 않는 것 같았다. 그러던 4월 초, 문수와 민아 사이가 틀어졌 다. 갑자기 문수가 민아를 멀리했다. 나는 아직도 문수가 왜 민아를 멀 리하게 됐는지 모른다. 문수는 민아를 멀리했을 뿐 아니라 모든 게 변 해버렸다.

나는 10대 내내 불안을 지고 살았다. 입시에 실패하고 재수까지 하 게 되면서 불안감이 더 커졌다. 문수는 달랐다. 겉으로만 보면 아나필 락시스 위험도 없고, 이미 원하는 대학에 합격한 사람 같았다. 나는 운 동을 심하게 하면 아나필락시스 반응이 일어날 수도 있다는 경고를 접한 뒤에는 웬만한 운동도 안 했다. 그러나 문수는 건강한 애들 못지않게 운동에 열중했다. 특히 저녁 자유시간에는 선우와 함께 농구를 했다. 주사기가 든 가방은 그늘에 놓아둔 채 아무런 걱정 없이 땀을 뻘뻘 흘렸다. 민아는 그런 문수를 보며 응원하기도 했다.

"너는 걱정 안 되냐? 그렇게 심하게 운동해도 괜찮겠어?"

과도하게 운동하는 문수가 걱정되어 이렇게 물어본 적이 있었다.

"뭐 어때서, 주사기가 있잖아."

나는 걱정이 되어 물었는데 문수는 태연했다.

"그래도 혹시 모르잖아."

"에이, 주사 맞으면 괜찮다니까. 전에 응급상황에 빠졌을 때 자가주사기를 놓았더니 금방 괜찮아졌어."

문수는 이처럼 불안도 걱정도 밀어내고, 재수도 삶도 즐길 줄 아는 낙천가였다.

문수는 이성식 선생에게도 자주 대들었다. 이성식 선생은 자신이 시키는 대로만 하면 점수는 저절로 오른다고 강조했지만, 문수는 자율성이 더 중요하다는 신념을 포기하지 않았다. 학원에서 지시한 학습계획은 웬만해선 따르려고 하지 않았다. 혼자 힘으로 학습계획을 짜고, 오직 자기 의지로 계획을 실천해 나갔다.

그랬던 문수가 갑자기 변했다. 운동을 멈췄고, 수업 태도가 변했다. 자유분방하고 쾌활하던 성격이 사라지고, 다양하던 표정은 무뚝뚝하게 바뀌었다. 이성식 선생에게 툭하면 대들더니 갑자기 열렬한 추종자가 되어 모든 걸 시키는 대로만 했다. 가까이 지내던 선우와 멀어지고 재오와 급속하게 가까워졌다. 늘 재오와 붙어 다녔고, 서로 공부에 관한 의논을 하며 한 몸처럼 지냈다.

4월 12일이었다. 내 생일이 그 전날이어서 정확한 날짜를 기억할 수 있다. 저녁을 먹고 생활관에서 쉬는데 민아가 눈이 벌게져서 들어왔다. 명혜와 윤주는 산책하러 나갔기에 방에는 나밖에 없었다.

"왜 그래? 무슨 일이야?"

민아는 훌쩍거리기만 할 뿐 제대로 말을 못 했다. 나는 이유도 모른 채 민아를 위로했다. 한참 울먹거리던 민아가 힘겹게 입을 열었다.

"문수가……, 나보고……, 정신 나간 짓 좀 그만하래."

"뭐? 문수가……? 정말?"

아무리 문수가 변했다지만 그 정도까지는 아니라고 여겼기에 도저히 믿기 어려웠다.

"옛날처럼은 아니어도, 나를 냉대하지만 않으면 좋겠다고 했더니……."

민아는 설움이 복받치는지 다시 울먹였다. 몇 차례 눈물을 닦아낸 뒤에 말을 이었다.

"동훈이랑 선우한테 꼬리나 치는 정신 나간 짓은 그만하라는 거야."

"혈! 심하잖아!"

"나는 그거 아니라고, 너랑 멀어져서 어떻게든 다시 가까워지려고 걔들과 친하게 지내는 거라고 했는데, 경멸하듯 나를 보더니 예쁘다고 나대지 말고, 공부나 하라는 거야. 그러고는 뒤도 안 돌아보고 가버렸어."

"화! 그 새끼 완전 쓰레기네."

나도 모르게 욕이 나왔다.

여느 때 같으면 절대 문수 욕을 하지 못하게 막았을 민아였는데, 그때는 전혀 말리지 않았다. 그뿐 아니라 내 말에 동조하기까지 했다. 우리는 한참 동안 문수 욕을 같이 했다. 실컷 험담하고 나자 민아는 이를 악물며 다짐했다.

"그 새끼, 내가 짓밟아 줄 거야. 지가 공부를 잘해봤자 얼마나 잘한다고……."

그런 일이 있었기에 그 뒤로 민아가 문수를 잊고 열심히 공부할 줄 알았는데, 그러지 못했다. 어느 날은 열심히 공부하다가도 또 어느 날은 문수 때문에 힘들어했다. 어느 날은 문수를 욕하다가도 또 어느 날은 문수를 한없이 이해하는 듯한 태도를 보이기도 했다. 감정이 오르락내리락했고, 분노와 미련이 뒤엉켰다. 문수를 향한 분노가 치솟은 날에는 선우나 동훈이에게 잘 해주었고, 미련에 사로잡힌 날에는 선우와 동훈이에게 차갑게 굴었다. 그럴수록 선우와 동훈이는 애달파하면서 민아와 가까워지려고 애썼다.

선우와 동훈이는 서로 민아에 더 잘 보이려고 경쟁을 벌였다. 다른 사람들은 잘 모르겠지만 예민한 내 눈에는 다 보였다. 민아는 문수에게서 받는 냉대와 선우, 동훈에게서 받는 칭송을 오가며 감정이 흔들렸다. 감정 상태가 마치 강진에 반응하는 지진계 바늘 같았다. 그런 민아가 초지일관 미워하는 대상은 바로 재오였다. 민아는 재오 때문에 문수가 바뀌었다고 믿었다.

민아는 성적으로 문수를 누르겠다고 다짐했지만, 현실은 정반대였다. 민아는 점점 성적이 떨어졌고, 문수는 점점 성적이 올랐다. 6월 모의고사는 그 정점이었다. 문수는 최고 성적을 거두었다. 모의고사만큼 수능 점수를 받으면 자신이 원하는 대학, 원하는 학과를 넉넉하게 들어갈 수준이었다. 그 반면에 민아는 사상 최저점을 받았다. 그동안 민아 상태를 봤을 때 충분히 예상할 만한 결과였다. 늘 잘 나가던 재오는 목표로 한 성적이 나오지 않았다. 그 성적으로는 입시 성공을 자신하기 어려웠다. 재오가 흔들리는 조짐은 5월 초부터 나타났다. 이유가 뭔지 모르지만, 집중력이 예전만 못했다. 문제풀이를 할 때 실수도 많아졌다. 동훈이는 심하게 성적이 떨어졌다. 선우는 변함없이 초기 성적을 유지했다.

모의고사가 끝나고 이틀 뒤였다. 다음 날이면 오랜만에 나가는 휴가이기에 모처럼 기대감에 부풀었다. 저녁을 먹고 난 뒤에 민아가 나를 따로 불렀다. 문수를 만나러 가는데 같이 가주지 않겠냐고 부탁했다. 둘 사이에 끼어들기 싫었지만 거절하지 못했다. 민아는 나를 생활관 뒤편으로 데려갔다. 기묘하게 틀어진 나무와 나무 사이에 여럿이 앉기에 좋은 바위가 놓여 있었다. 나는 바위에 앉은 뒤 습관처럼 주변에 CCTV가 없는지 살폈다.

"CCTV는 없어. 이곳을 처음 찾아낸 게 문수야. 너는 모르겠지만 우리끼리 종종 여기 왔었어. 물론 들킬까 봐 길게 있지는 못했지만."

민아가 씁쓸하게 말했다.

"문수가 여기로 온대?"

"온다고 했으니 오겠지."

"네가 만나자고 한 거야?"

"응."

"무슨 말을 하려고?"

민아가 손톱을 깨물었다.

"이유를 알고 싶어서."

그따위 이유는 알아서 뭐 하냐고 쏘아붙이려다 참았다. 연애라고는 초등학생 때 철없이 며칠 사귄 게 전부인 나로서는 연애하다 차인 사람 심정을 헤아리기 어려웠기 때문이다.

문수는 바로 나타나지 않았다. 민아는 초조하게 기다렸고, 나는 손목시계를 확인하며 빨리 시간이 흘러 자습시간이 되기를 바랐다. 문수는 6시 45분이 되어서야 나타났다. 등에는 가방도 메고 있었다. 문수는 나를 거들떠보지도 않고 바위에 털썩 앉았다.

"늦었네."

민아가 조심스럽게 말을 꺼냈다.

"너 때문에 단어 빨리 외우느라 고생했어."

저녁을 먹고 난 뒤에 생활관에서 영어 단어를 외우는 문수가 그려졌다. 아무리 너그럽게 생각하려 해도 좋게 봐주기 힘들었다. 헤어진 여자 친구와 한 약속이긴 하지만 영어 단어를 외우느라 늦게 나오다니, 어처구니가 없었다. 더구나 다음 날이면 집에 가기에 다들 조금은 흐트러지는 때인데도 평소대로 꼬박꼬박 단어를 외우고 오는 철저함에 정나미가 떨어졌다.

"자습하러 가야 해. 용건이 뭐야?"

용건만 간단히 처리하고 떠나겠다는 통보였다.

"이유를 알고 싶어서."

"무슨 이유?"

"알잖아."

"몰라."

"나를 멀리하는 이유."

"겨우 그것 때문에 바쁜 나를 부른 거야?"

"겨우 그것 때문이라서 미안해. 그렇지만 나는 알아야겠어."

"그런 거 궁금할 시간 있으면 단어 하나 더 외우고, 수학 문제 하나라도 더 풀어."

듣는 내가 화가 났다. 욕이 나오려는 걸 꾹 참았다.

"모의고사 성적도 엉망이라며? 그런 점수 들고 집에 가면 비싼 돈 내주는 부모님 얼굴을 똑바로 볼 수나 있겠냐?"

마치 이성식 선생에게서 야단을 맞는 기분이었다. 기분이 더러웠다. 민아가 심호흡했다. 끓어오르는 감정을 꾹 참으려고 애쓰는 기색이 역

력했다.

"그래도 궁금해. 알고 싶어. 내게는 그럴 권리가 있어."

권리란 표현이 묘하게 들렸다.

"필요가 없어졌으니까. 그뿐이야. 됐지?"

그러고는 문수가 일어났다.

민아는 붙잡지 않았다. 문수는 빠른 걸음으로 사라졌다.

나는 그때 보았다.

강렬한 증오와 복수심으로 끓어오르는 민아 눈빛을……!

05

너희는 프로그램이 되어야 한다

시연(예전 생활관 멤버 남 203호)

그곳을 나온 뒤에 벌어진 사건인데, 내가 증언을 해도 되는지 모르겠다. 필요하다니 증언을 하기는 하겠지만 솔직히 별 의미도 없는 증언 같다. 아무튼 나는 2월부터 5월까지 4개월 동안 프리덤 기숙학원에서 지냈다. 203호에서 재오, 동훈, 문수와 같이 생활했다. 재오는 기숙학원이 체질에 잘 맞았다. 재오는 학원 지시와 지침에 절대복종했다. 선생님 지시는 무조건 따랐고, 사소한 생활규칙도 어기지 않았다.

첫 국어 수업을 끝내고 점심을 먹는데 재오가 흥분해서 떠들어댔다. 나도 짙은 인상을 받기는 했지만 흥분할 정도는 아니었는데, 재오는 인생이 바뀔 만한 충격을 받은 듯이 굴었다. 첫 수업에서 이성식 선생이 한 말을 재오가 워낙 반복해서 떠들어댔기 때문에 여느 때 같으면 그냥 잊혔을 그날 기억이 아직도 생생하게 남아 있다.

첫인상은 특별하지 않았다. 반을 배정받고 첫 조회를 했는데 평범한 학원 선생처럼 보였다. 다른 기숙학원보다 많은 돈을 지불했다는 말을 엄마에게 귀가 따갑게 들었기에 기대가 많았던 나는 평범한 첫인상에 꽤 실망이 컸다. 그러나 그 뒤에 이어진 첫 수업은 조회 때와는 결이 달랐다.

1교시 국어 수업, 들어오자마자 이성식 선생은 칠판에 간단하지만 강렬한 문장을 썼다.

'수능이란 무엇인가?'

수능이란 익숙한 낱말이 그 순간에는 무척 낯설게 느껴졌다. 기묘한 느낌이었다.

"너희는 수능이 무엇인지 알아?"

어쨌든 황당한 질문이었다. 수능이 무엇이냐니, 그걸 모르는 사람이 도대체 누가 있단 말인가?

"대학입시를 위한 시험이죠."

"인생을 결정하는 시험 아닌가요?"

여기저기서 뻔한 답변이 나왔다.

"열심히 공부해도 점수가 안 나오는 시험이요."

그 대답에 곳곳에서 웃음이 터졌다. 아마 문수가 한 농담이었을 것이다.

"맞아. 너희 말은 틀리지 않아."

그러고는 이성식 선생은 말투를 딱딱하게 바꿨다.

"그리고 바로 너희가 그렇게 생각했기 때문에 지난 수능에서 실패한 것이다."

수능 실패는 낙인이었다. 패배자에 불효자이며, 게으르고 무능하다는 낙인이었다. 그 자리에 앉은 모두를 짓누르는 무서운 낙인이었기에, 분위기가 순식간에 무거워졌다.

"수능 시험을 볼 때 무슨 일이 벌어지는지 생각해 보자. 수능 날 아침이면 혹시라도 수험생들이 제시간에 시험장에 들어가는 데 방해가 될까 봐 출근 시간도 늦춘다. 솔직히 말해 어른들 출근 때문에 수험생이 시험장에 가는 게 방해될 가능성은 거의 없는데도 그렇게 한다. 영어 듣기 평가를 할 때면 비행기가 뜨지 않는다. 민간 비행기뿐 아니라 공군 비행기마저 통제된다. 세계 최고로 첨단 기술을 자랑하는 대한민국에서 혹시 듣기 평가에 방해가 될까 봐 국가 안보에 필수인 비행마저 통제하는 것이다. 언론은 하루 내내 수능과 관련한 뉴스를 쏟아내고, 수능이 끝나는 시간에 맞춰 기업은 학생을 위한 각종 혜택을 쏟아낸다. 수험생이 있는 집에서는 숨소리마저 조심하고, 수험생이 없는 집도 수능이 주는 무게감을 느끼며 하루를 보낸다. 이 외에도 수능 날만 되면 특별한 일들이 무수히 벌어진다. 그런데 너희는 그게 무슨 의미인지 정확히 이해를 못 하고 있다."

이성식 선생은 설날, 추석, 크리스마스, 삼일절, 광복절, 어린이날,

한글날 등을 칠판에 썼다.

"이것은 우리가 기념하는 날들이다. 다 의미가 깊다. 그러나 그 어떤 기념일에도 비행을 통제하지 않으며 출근 시간을 조절하지 않으며, 모든 국민이 특정한 집단을 방해하지 않으려고 신경을 곤두세우지 않는다. 이게 무슨 의미일까? 설날, 추석, 삼일절, 광복절, 어린이날, 한글날보다 중요한 날이 바로 수능 날이라는 의미다! 수능을 보는 날은 이 나라에서 가장 중요하다. 그 어떤 날도 넘보지 못할 신성불가침! 그것이 수능이다."

이성식 선생은 붉은빛이 선명한 분필로 '신성불가침'이란 단어를 칠판에 휘갈겨 썼다.

"왜 수능이 신성불가침인지, 수능이 신성불가침인 현실이 옳은지는 따지지 말자. 어쨌든 수능은 신성불가침이라는 사실이 중요하다. 아무도 건드리면 안 되는, 그 어떤 권력도 감히 도전하지 못하는 권위가 수능에 있다. 그런데 만약, 만약에, 이 신성불가침한 수능에 문제가 생기면 어찌 될까?"

이성식 선생은 입을 꾹 다물었다. 묵직한 기운에 눌려 강의실에는 숨소리조차 들리지 않았다.

"정권이 흔들리고 나라가 혼란스러워진다. '에이, 설마요' 하는 멍청한 생각을 하는 학생이 있다면 그런 이해력으로는 수능을 보기 불가능하니 유치원에 가서 동화책부터 다시 읽어라. 그렇다면 수능에 문제가 생긴다는 말은 무슨 뜻일까? 수능을 못 보게 되는 큰 사고가 생기

소년 프로파일러와 기숙학원 테러사건

거나, 수능 시험지가 도난당한다는 사건을 말하는 걸까? 물론 그런 일이 벌어지면 난리가 나겠지만 그런 일이 벌어질 가능성은 거의 없다. 설혹 발생한다고 해도 수능이라는 시험 방식 자체를 흔들지는 못한다. 수능에서 가장 위험한 사건은, 다름 아닌 '수능 시험 문제' 오류다. 수능 문제가 잘못 출제되었다는 논란이 벌어지면 어찌 될까? 기타 과목에서 그런 일이 벌어진 바 있다. 그때 언론이 떠들어대고 난리가 났다. 왜 그럴까? 전체 학생에 견주면 그리 많지 않은 사람에게만 영향을 끼친 오류였음에도 왜 그런 난리가 났을까? 그건 수능 점수가 그 사람들 인생을 바꾸기 때문이다. 그 한 문제로 대학이 바뀌고, 사회 지위가 바뀌고, 직업이 바뀌고, 일평생 수입이 바뀌고, 위와 아래가 바뀌고, 행복과 불행이 나뉘기 때문이다."

고등학교 때 경험이 떠올랐다. 국어 시험 문제 정답이 이상하다고 선생님에게 항의했는데 받아들여지지 않았다. 아무리 봐도 정답이 이상했다. 학원 선생님도 이상하다고 했다. 그렇지만 결국 정답은 바뀌지 않았고, 그 한 문제로 인해 등급이 떨어졌다. 다시 생각해도 치가 떨렸다.

"만약 수능 국어 문제에서 오류가 발생하면 어찌 될까? 실제로 문제가 잘못 출제되기라도 하면 어떤 일이 벌어질까? 몇 만 명이 선택하는 기타 과목에서도 난리가 났는데, 모든 학생이 보는 수능 국어에서 그런 논란이 벌어진다면 어떻게 될까?"

이성식 선생은 우리에게 상상할 시간을 주려는 듯 잠시 말을 멈추었다.

"너희 중 일부는 저 선생님이 도대체 왜 소중한 국어 강의 시간에 이따위 말을 하는지 속으로 생각할 것이다. 수능이 중요하고, 수능 국어 시험 문제에 오류가 생기면 난리가 나! 그래서 그게 뭐 어쨌다고? 그걸 안다고 해서 국어 시험을 더 잘 보기라도 해?"

입 밖으로 꺼내지 못한 내 물음이었다. 도대체 그래서 뭐 어쩌라고.

"더 잘 볼까? 맞다. 더 잘 본다. 너희가 국어 시험을 제대로 못 보는 핵심 이유는 바로 수능이 신성불가침한 시험임을 망각하고 문제를 풀기 때문이다."

정신이 번쩍 들었다. 재수하는 처지에 점수를 더 잘 받는 방법이라고 하면 그게 무엇이든 관심이 쏠리기 마련이다.

"흔히 너희는 국어 정답은 모호하다고 말한다. 수학이나 과학처럼 딱딱 떨어지지 않는다고 한다. 수학 문제를 틀리면 모자란 부분이 명확하게 보인다. 실수했다면 그 실수를 왜 했는지 찾으려고 한다. 그러나 국어는 틀리고 나서 '실수했어요' 하고 말해도 그게 어떤 실수인지 잘 모른 채 넘어간다. 대충 얼버무린다. 흔히 국어 점수를 잘 받으려면 감이 좋아야 한다고 한다. 오늘은 감이 안 좋았어! 오늘은 감이 좋아서 다 맞았어! 나아가 국어는 답이 이거도 되고 저거도 되는데 어떻게 딱 떨어지는 답이 있냐고 하면서 따지기도 한다."

아주 공감이 가는 말이었다. 국어는 늘 모호하다. 애매한 문제를 내놓고 출제자가 정해놓은 답을 고르지 않으면 틀렸다고 한다. 억울하게 점수가 깎였던 학교 국어 시험이 다시 생각나 열이 뻗쳤다.

"그런데 생각해보자. 그런 모호한 답으로 수능 국어를 이제까지 수십 년 동안 출제해왔는데 왜 아직도 심각한 오답 논란이 벌어지지 않았을까? 어떻게 해서 출제자들은 그런 논란에서 벗어났을까? 깊이 생각해 봐라. 말이 안 된다는 생각이 들지 않는가? 국어는 답이 모호하다며……? 사람에 따라 답이 다르게 생각할 수 있다고 하지 않았나? 학생들은 잘 모르고 넘어갈 수도 있지만, 학교 선생님들이나 나 같은 사람들도 그냥 넘어갔을까? 도대체 왜? 대학교 국문학 교수들도 그냥 넘어갔다. 학생 부모 가운데 학벌이 장난이 아닌 사람들이 많다. 그런 사람들도 그냥 다 넘어갔다. 이렇게도, 저렇게도 생각해도 된다면 왜 그걸 문제 삼지 않았을까? 사소한 사건에도 인터넷이 들끓는 이 나라에서, 수많은 인생이 걸린 시험임에도 왜 별다른 논란이 벌어지지 않고 그냥 넘어갔을까?"

다시 침묵, 나는 그 질문에 알맞은 답을 찾지 못했다.

"실제로 펼쳐진 현실은 국어 시험은 답이 모호하다는 인식과 걸맞지 않다. 이런 상황에서 현실이 문제가 아니라면 인식이 문제다."

나도 모르게 인상이 찌푸려졌다. 뭔가 굉장히 중요한 지점임을 직감했기 때문이다.

"자, 이제부터 너희들 머리에 박힌 고정관념을 바꿔라. 국어 시험 문제 정답은 모호하지 않다! 국어 시험에는 명확한 답이 있다. 수학만큼 명백한 답이 있으며, 수학처럼 공식이 있으며, 수학처럼 실수하면 왜 실수했는지 그 이유가 뚜렷하게 존재한다. 다만 너희가 그걸 모르기 때문에 애매하다느니, 사람에 따라 생각이 다르다는 주장 따위로 부족한 실력을 숨기는 핑계를 대고 있을 뿐이다. 다시 강조하지만, 수능은 신성불가침이다. 그 신성불가침한 수능을 떠받치는 중요한 기둥이 국어 시험이다. 국어 시험 문제에서 오류가 생기거나 심한 논란이 벌어지면 신성불가침한 수능이라는 권위가 흔들린다. 그러니 국어 시험 문제를 내는 출제자들은 오류와 논란이 생기지 않게 만들려고 엄청난 노력을 쏟아붓는다. 수십 년 동안 그래왔고 앞으로도 그럴 것이다."

이성식 선생이 내뱉은 말이 내 심장에서 요동쳤다. 이윽고 이성식 선생은 칠판에 금지어 목록을 적었다.

'그냥~', '~ 같다', '~ 수 있다', '왠지~'

나는 그 낱말을 공책에 적었다.

"이제부터 내 수업에서 이 표현들은 금지다. 머릿속에서 이 표현은 아예 지워라. 나는 이제부터 늘 물을 것이다. 그게 왜 틀렸지? 그게 왜 정답이지? 조금 전에 골랐던 답을 왜 바꿨지? 둘 중 하나가 답인데 왜 이게 아니라 이걸 선택했지? 이렇게 끊임없이 물을 것이다. 그리고 너희가 나에게 내놓는 설명은 최소한 이 자리에 앉은 모든 학생에게 동의를 받아야 한다. 당연히 나도 납득할 만한 설명이어야 한다. 다른 학원 선생들도 이의를 제기하지 않아야 한다. 학교 선생님들, 대학 교수들, 학부모들, 너희들이 푼 문제로 똑같이 공부할 후배들도 동의하는 설명이어야 한다. 최소한 500만 명은 '그래, 그 설명이 맞네!' 하며 동의하는 설명을 내놓아야 한다. 잊지 마라! 문제를 푸는 순간에 틀렸다고 생각하는 이유가, 맞았다고 판단하는 근거가 500만 명이 납득할 만큼 타당해야 한다! 500만 명! 이 숫자를 늘 명심해라."

마흔여덟 명이 앉은 강의실 위로 500만 명이 떠돌아다녔다.

"나는 국어가 가장 쉽다고 생각한다. 논란을 일으키지 않기 위해 내는 문제이기에 국어는 아주 쉽다. 왜? 지문 안에 정답이 있기 때문이다. 정답이 시험지 안에 있기 때문이다. 수학은 정답이 시험지 안에 없다. 너희들이 풀어야 정답이 그 모습을 드러낸다. 영어는 반반이다. 정답이 시험지 안에 있기도 하지만 시험지 밖에 존재하기도 한다. 그러나 국어는 시험지 안에 정답이 다 있다. 국어 시험은 숨은그림찾기와 똑같다. 숨은그림찾기 실력이 뛰어나면 더할 나위 없이 쉬운 과목이 국어고, 숨은그림찾기를 못 하면 그 어떤 시험보다 어려운 과목이 국어다."

그러고서 이성식 선생은 국어 시험 문제를 나눠주고 풀어보게 했다. 문제를 푼 뒤에 이성식 선생은 정답을 알려주지 않고 우리에게 답을 고른 이유를 설명하게 했다. 그러면서 숨은그림찾기를 잘하는 요령, 500만 명에게 설명하는 방식을 명쾌하게 알려주었다. 솔직히 말해 그런 방식으로 설명하는 국어 선생님을 본 적이 없다. 이성식 선생은 우리에게 생각을 비우라고 끊임없이 강조했다. 생각을 비우고 찾으라고 했다. 정답은 시험지 안에 있다. 그러니 빨리, 정확하게 찾는 요령을 익히라고 했다. 빨리 정확하게 찾는 걸 방해하기 위해 출제자들이 만들어놓은 함정을 파악하는 방법을 알려주었다. 문제를 풀 때마다 출제자가 파놓은 함정이 무엇인지 짚어주었다.

이성식 선생은 직접 설명하는 경우가 많지 않았다. 대부분 우리에게 답을 설명하게 했다. 실제 문제를 풀 때 하는 머릿속 생각을 직접 말로 내뱉게 했다. 그러고는 늘 물었다.

"그 설명을 500만 명이 납득하겠어?"

나는 그 학원을 그만두기는 했지만, 아직도 그 '500만 명'이라는 표현은 귓가에 맴돈다. 다른 건 몰라도 '500만 명이 납득할 만한 이유'를 찾으라는 말은 내 국어 공부에 큰 도움이 되었다.

수업을 마무리하며 이성식 선생은 또다시 충격을 가하는 말을 덧붙였다. 솔직히 그 말이 내게는 가장 거북했는데, 재오는 그 말에 가장 큰 영향을 받은 듯했다.

"너희들은 지금까지 사람이었다. 그러나 이제부터 프로그램이 되어야 한다. 만약 너희들이 봐야 할 시험이 열심히 공부한 결과를 확인하기 위한 관문이라면 너희들은 프로그램이 되면 안 된다. 너희들은 사람이어야 한다. 그러나 너희들은 공부를 시험하는 게 아니라 시험을 공부하는 존재들이다. 그러기에 사람이면 안 되고 프로그램이어야 한다. 너희들 목표는 시험 점수다! 과정 따위는 의미가 없다. 오직 결과로만 결판이 난다. 잔인한 말처럼 들리겠지만, 생각하지 마라! 느끼지 마라! 사고력과 감수성은 버려라! 사고력과 감수성은 너희들이 목표로 하는 관문을 지나는 데 걸림돌이 될 뿐이다.

늘 수능 날처럼! 스스로를 프로그램으로 만들어라. 프로그램은 명

령대로 움직인다. 잘 만든 프로그램에는 오류가 생기지 않는다. 이제부터 나는 너희들에게 수능 시험에서 실패하지 않는 알고리즘을 가르쳐주겠다. 그 알고리즘이 너희들 몸과 마음과 생각에 배어들어 최첨단 프로그램이 되도록 이끌어주겠다. 내가 알려주는 알고리즘을 장착한 프로그램이 되면 너희는 수능에서 절대 실패하지 않는다. 다시 강조하지만, 생각을 비워라! 그 대신 정답에 접근하는 알고리즘에 따라 움직여라! 감수성을 버려라! 감정이 살아날수록 그날 상태에 따라 점수가 오르내리고, 변수가 발생한다. 사고력과 감수성은 수능이라는 신성불가침한 관문을 지난 뒤에 되찾아라. 그전까지 너희는 알고리즘을 장착한 프로그램이어야 한다. 나를 믿고 따라라. 믿고 따르면 확실한 영광이, 의심하면 불확실한 미래가 기다린다. 이상 끝!"

그날 이후로 재오는 이성식 선생을 열렬히 따랐다. 마치 광신도가 교주를 따르는 듯했다. 재오가 심한 편이긴 했지만 나는 재오를 이해했다. 왜냐하면 이성식 선생이 재오에게는 구원자였기 때문이다. 재오는 자신이 왜 수능에서 실패했는지 정확히 알지 못했다. 누구보다 열심히 공부했지만 실패했고, 왜 실패했는지 몰라서 답답해했다. 실패한 원인이 명확하지 않으니 열심히 재수하면서도 늘 불안에 떨었다. 그러다 이성식 선생을 만나고 그 답답함과 불안이 일거에 해소되었다. 이성식 선생은 국어뿐 아니라 다른 과목 공부도 잘 알았다. 재오의 약점을 정확히 분석해서 알려주고, 집중할 영역과 그 방법을 세세하게 지도해주었다. 재오는 빠르게 실력이 늘었고, 중간 정도 성적에서 최상

위 성적으로 치고 올라갔다.

이성식 선생은 재오뿐 아니라 모두에게 그렇게 해주었다. 나도 이성식 선생에게 섬세한 지도를 받았다. 이성식 선생은 내가 공부하는 교재와 문제집, 공부한 흔적, 시험 결과를 확인하고는 과목별로 몇 가지 질문을 했다. 나는 내 공부법과 습관 등에 대해서 성실하게 답했다. 대화를 그리 길게 나누지 않았음에도 이성식 선생은 내 약점과 잘못된 공부법을 정확히 찾아냈다. 그러고는 공부 방향뿐 아니라 세밀한 방법까지 제시했다. 다른 학원 선생이나 인강 강사에게서는 들을 수 없는 조언이요 지침이었다. 지금 생각해도 타당한 것들이었다. 그러나 그 당시 나로서는 노력하기 벅찬 수준이었다. 무엇보다 작은 습관까지 모조리 바꾸라는 지시에 거부감이 들었다. 그래서 알려준 대로 안 했고, 결과는 부적응에 실패로 이어졌다.

재오는 이성식 선생이 말한 대로 프로그램처럼 움직였다. 독일 철학자인 칸트는 워낙 정확한 사람이라 이웃들이 칸트를 보고 틀린 시계를 바로잡았다고 하는데, 재오가 바로 재림한 칸트였다. 재오가 움직이는 모습을 보면 시계를 안 봐도 언제인지 알 수 있었다. 그만큼 정확한 틀에 맞춰 움직였다. 공부하는 내용과 공부 시간뿐 아니라 일어나고 자는 시간, 씻는 시간, 영양제를 먹는 시간, 밥을 먹는 시간, 이동하는 시간까지 완벽하게 똑같았다. 살짝 흐트러지는 것도 스스로 용납하지 않았다. 깔끔한 성향까지 더해지니, 마치 결벽증에 걸린 환자가 아닌지 의심이 들기도 했다.

성격은 결벽증에 가까운데, 예민하게 굴지는 않았다. 처음에 같이 지낼 때는 까다롭게 굴기도 했다. 그렇지만 점점 무난해지더니 나중에는 딱히 자기를 방해하지만 않으면 남들이 뭘 어떻게 하든 뭐라고 하지 않았다. 결벽증인데 무딘 태도가 모순처럼 보이지만, 그 모순을 해결하는 열쇠는 이성식 선생이었다. 이성식 선생은 감각을 무디게 하라고 했다. 감각이 예민하면 감정에 치우치기 쉽고, 감정에 휘둘리면 꾸준히 열중하지 못하고, 실제 시험에서도 흔들릴 가능성이 크다고 했다. 노력을 통해 예민함마저 바꿔낸 재오는 이성식 선생이 강조하는 알고리즘 그 자체였다.

한 번은 이런 일도 있었다. 저녁을 먹고 내가 뜨거운 물을 텀블러에 담아서 방으로 왔다. 일부러 뜨거운 물을 받았는데 지나치게 뜨거워서 도저히 입에 대기 어려웠다. 방으로 들어오니 재오는 음료수를 마시며 화학식을 외우는 중이었다. 음료수는 휴게실에서 가져온 스테인리스 잔에 담겨있었다. 암기하다가 음료를 찔끔찔끔 입에 댔다가 뗐다. 나는 장난기가 발동했다. 재오가 마시던 음료를 비우고 뜨거운 물을 스테인리스 잔에 부었다. 재오는 공부에 몰두하면 주변에 거의 신경을 쓰지 않기에 장난치기가 쉬웠다. 뜨거운 물이 담긴 스테인리스 잔이기에 손이 닿으면 꽤 놀라리라 기대했다. 그런데 재오는 아무렇지 않게 잔을 집어 들었고, 그 뜨거운 물을 그냥 입에 댔다. 내 기대를 완전히 벗어난 반응이었다.

"야! 괜찮냐?"

그때서야 재오가 나를 봤다.

"뭐가?"

"그 물 안 뜨거워?"

"어! 이게 뭐야? 언제 바뀌었지?"

"진짜 안 뜨거워?"

"어! 조금 따뜻하기는 하네."

설마 물이 그새 식어버렸나 싶어서 잔을 만졌다.

"앗 뜨거!"

나는 손을 얼른 뗐다. 재오는 피식 웃더니 다시 공부에 몰두했다.

재오가 사고를 당한 상황을 전해 들었을 때 나는 이 일화가 떠올랐다. 재오라면 그런 속임수에 당할 만하다고 생각했다.

재오가 프로그램처럼 정확히 생활하고, 늘 같은 시간에 영양제를 챙겨 먹는다는 사실은 웬만한 애들은 다 알았다. 재오는 아침밥을 먹고 돌아오면 정확히 30분 뒤에 발포비타민을 물에 타서 마셨다. 점심 식사 30분 뒤에는 미네랄 영양제를 먹었고, 저녁 식사 뒤 30분이면 알약으로 된 홍삼을 먹었으며, 2차 자습이 끝나는 10시 55분이면 유산균 알약을 먹었다. 재오는 일주일 동안 먹을 알약이 요일별, 시간대별로 구분되어 담긴 플라스틱 약상자를 늘 가방에 넣고 다녔다. 플라스틱 약상자는 재오 집에서 한 달에 한 번, 4개씩 보내왔다. 그 주에 먹을 약상자는 늘 들고 다녔지만, 안 먹는 상자는 밀봉한 채로 생활관 사물함에 보관했다. 보관용 약상자는 비닐 포장지로 밀봉해놨기에 내용물을 재오 몰래 바꾸는 것은 불가능했다.

경찰에게 들어 보니 재오는 수요일 아침 7시 30분에 물이 든 텀블러에 발포비타민 덩어리를 넣었다. 그러나 재오가 발포비타민이라고 생각했던 것은 발포비타민처럼 보이게 만든 소듐(Na) 덩어리였다. 경찰이 발포비타민처럼 보이게 만든 소듐 덩어리를 내게 보여주었는데 언뜻 보기에는 비슷했다. 발포비타민과 견주면서 만져보니 촉감이나 무게감은 달랐다. 나처럼 감각이 예민하거나, 공부할 때 집중력이 떨어지는 사람이라면 소듐 덩어리를 만질 때 이상한 점을 알아차릴 가능성도 있었다. 발포비타민이 녹는 소리와 소듐이 물에 녹는 소리를 견줘서 들어봤는데 언뜻 들으면 비슷해서 억지로 구분하려고 하지 않는 이상 분간하기는 어려웠다.

안타깝게도 재오는 집중력이 뛰어났고, 감각은 무뎠다. 재오는 평소처럼 소듐을 물에 넣었을 것이고, 폭발이 일어나기 전까지 알아채지 못한 채 평소처럼 마시려고 기다렸을 것이다. 그 사이 텀블러 안에서는 소듐(Na)이 물(H_2O)을 만나 수소(H)와 수산화나트륨(NaOH)을 만들어내는 화학반응이 일어났다. 화학반응이 임계점을 지나자 강렬한 쿨롱폭발*이 일어났다. 불꽃을 일으키며 일어난 폭발로 재오는 얼굴을 심

---

* 쿨롱폭발 : 리튬, 소듐, 칼륨과 같은 알칼리 금속이 물에 닿으면 표면에 있는 원자들은 전자를 잃는다. 전자를 잃은 원자들은 양이온(+)으로 가득 찬 금속 덩어리가 된다. 금속 덩어리에는 양이온이 점점 많아지고, 그에 따라 반발력이 강해진다. 반발력이 임계점을 넘어가면 강력한 폭발을 일으키는데, 이것이 쿨롱법칙에 따른 폭발이라 하여 쿨롱폭발이라 부른다. (쿨롱법칙 : 전하 사이에 작용하는 힘은 두 전하의 곱에 비례하고, 두 전하가 떨어진 거리의 제곱에 반비례한다.)

하게 다쳤다. 왼쪽 청각과 시각을 빼앗아 간 대형 사고였다.

　문수는 초기에는 재오와 정반대였다. 약간 흔들리기도 했으나 자기 방식을 포기하려 들지는 않았다. 학원이 하라는 공부 방식에 따르지 않았으며, 생활도 제멋대로여서 생활규칙도 툭하면 어겼다. 심지어 모든 선생이 절대 금지사항으로 강조하는 연애까지 자유롭게 했다. 학원 측에 들켰으면 문제가 될 일이었는데, 촘촘한 감시망 속에서도 걸리지 않았다. 학원 설립 초기부터 근무한 직원에게 들었는데, 학원 설립을 검토하는 단계에서는 남녀가 같이 생활할 때 부작용을 우려해 별도로 학원을 만들려고 했으나, 검토 끝에 남녀가 같이 공부하는 방향으로 정해졌다고 한다. 이 학원이 내세우는 기조가 '늘 수능 날처럼'인데 수능은 남녀가 같이 경쟁하는 시험이라는 점과 남녀가 경쟁하면서 나오는 효과를 생각한 결정이었다.

　아무튼 절대 금기인 연애까지 하는 문수가 선생들 말을 제대로 들을 리 없었다. 문수는 툭하면 선생들에게 대들었다. 생활뿐 아니라 국어 수업에서도 곧이곧대로 따르지 않았다. 상담을 받으라고 하면 자신이 알아서 한다며 거부했다. 그런 문수가 재오를 어떻게 생각했을지는 뻔했다. 문수는 재오를 '노예'라고 욕했다. 재오는 그런 문수를 '철부지'라며 비웃었다.

　문수와 재오 중간쯤에 동훈이가 자리했다. 동훈이는 재오처럼 노력하려고 했지만 그런 수준에는 이르지 못했다. 그렇다고 문수처럼 자기 방식을 고집하지도 않았다. 이도 저도 아니어서 어떤 성향인지 규정하기가 모호했다. 상태가 좋으면 재오를 따라 했고, 상태가 나쁘면 괜히 문수를 붙잡고 고민을 털어놓았다. 문수는 동훈이가 고민을 털어놓으면 진지하게 이야기를 나누었다. 내가 듣기에는 단지 위로를 받고 싶어서 늘어놓는 넋두리이거나 푸념이었지만, 문수는 꾹 참고 끝까지 들어주었다. 동훈이는 그런 문수를 좋아했고, 깊게 의지했다. 결이 다르기는 하지만 동훈이가 은근히 민아를 좋아했기에 문수와 친하게 지내려고 한 면도 있었다.

문수와 선우는 엄청 친했다. 둘도 없는 단짝이었다. 성향도 비슷했고 말도 잘 통했다. 그렇지만 선우는 문수와 달랐다. 겉으로는 이성식 선생 의견에 따르지 않기도 하고, 때로는 대놓고 부딪치기도 했지만, 이성식 선생이 알려주는 공부법은 충실히 따랐다.

한 번은 문수가 그런 선우를 타박했다. 그때 선우는 딱 한마디로 대답을 대신했다.

"전문가잖아."

"전문가라고 해도 나보다 나를 더 잘 알겠어?"

문수가 반박하자 선우는 깔끔한 논리를 제시했다.

"네가 환자라고 생각해봐. 네가 네 병을 더 잘 알겠냐, 의사가 네 병을 더 잘 알겠냐? 치료는 또 어떻고. 진료를 받았는데 의사가 마음에 안 들 수도 있어. 인상도 사납고 불친절하고 기분도 나빠. 그렇지만 그 의사가 내가 앓는 병을 잘 고쳐주는 명의라면 기분은 나빠도 믿고 따라야지 않겠어?"

선우가 그렇게 설득했지만, 문수는 자기 고집을 꺾지 않았다.

그러다 4월 첫 토요일, 집중학습 시간을 계기로 문수가 바뀌었다. 다른 애들은 모르겠지만 나는 문수가 바뀌게 된 그 순간을 생생히 기억한다. 약점이 비슷한 학생들끼리 소모임을 만들어 문제점을 보완하는 집중학습 시간이었다. 우리 모임에 이성식 선생이 들어왔다. 그 모임에 재오, 동훈, 선우, 민아는 없었다. 문수가 틀린 문제를 확인할 때였다. 이성식 선생이 문수에게 '왜 답을 골랐는지', '왜 실수했다고 생각하는지'를 물어보다가 팔짱을 딱 꼈다. 그러고는 빙그레 웃었다.

"너는 참 정직해."

뜬금없는 칭찬이었다. 정직이란 낱말은 수능 국어 문제를 푸는 수업에서 듣기 쉽지 않은 말이었기 때문이다. 그래서 내가 그 순간을 잘 기억하는지도 모르겠다. 이성식 선생 표정도 기억난다. 온화했고, 애정이 넘쳐흘렀다. 늘 차갑고 매몰찬 선생이었는데 그 순간만은 한없이 다정했다.

"너는 운으로 맞지 않아. 운으로 틀리지도 않고. 모르면 확실히 틀려. 그러니까 네가 틀린 문제를 보면 어떤 약점이 있는지, 문제풀이 알고리즘에 무엇이 고장 났는지 선명하게 드러나. 그래서 정직하다는 거야. 꼼수보다 정직이 발전 가능성이 훨씬 커."

여느 때 같으면 곧바로 반항부터 했을 문수였는데, 그때는 가만히 듣기만 했다.

"표, 그래프, 숫자, 그림이 나오면 너는 일단 주눅이 들어. 어떻게 해야 주눅이 들지 않고 자신감 있게 이런 문제를 풀 수 있을까? 표, 그래프, 숫자, 그림 등은 문자를 시각 이미지로 바꿔 놓은 거야. 이걸 완벽하게 이해해서 풀기는 어려워. 물론 이해해서 풀면 좋지만, 50% 정도만 이해해도 돼. 조금 과장해서 말하면 20%만 이해해도 정답을 골라내기는 어렵지 않아. 내가 늘 말하듯이 내용은 이해하지 못했더라도 지문에 답이 있거든. 그래프나 숫자는 글자를 시각 이미지로 바꿔놨다고 했어. 바로 그것 때문에 지문에 있는 정보를 찾기가 어려워. 출제자들이 설치한 방해물이지. 방해물을 치우려면 시각 이미지를 다시 문자로 바꾸면 돼. 이 그림에 담긴 뜻을 문장이나 단어로 바꿔. 그러고는 그 문장이 있는 지문으로 찾아가. 늘 강조하지만, 비문학은 모조리 다 정보 찾기, 숨은그림찾기 문제야. 최첨단 검색엔진이 개발된 세상에서 왜 검색 능력을 수능에서 확인하는지와 같은 의문은 품지 마. 지금은 첨단 엔진을 탑재한 검색 알고리즘을 너도 장착하는 게 중요해. 이런 문제를 풀 때 배경지식이 부족하다느니, 논리력이나 사고력이 부족하다는 지적질 따위는 다 헛소리야. 비문학 시험은 지문 안에서 답 찾기고, 빠르고 정확하게 찾아내기만 하면 끝나."

이성식 선생이 알려준 방식은 간단했다. 시각 이미지를 글자로 바꾸고, 그 글자가 나온 지문으로 간 뒤에, 지문에 나온 문장과 문항을 견주게 했다. 그 단순한 과정을 몇 번 반복하는데 문수 눈빛이 번뜩였다. 그날따라 문수는 이성식 선생이 하라는 대로 했고, 늘 어려워하던 3점짜리 문제들을 정확하게 풀어냈다. 각 문항이 맞고, 틀렸는지를 설명하는데 10초를 넘기지 않았다. 설명이 단순명쾌했기에 나도 이해가 되었다.

"거 봐! 그게 바로 500만 명을 설득하는 방식이야."

이성식 선생은 활짝 웃으며 문수를 격려했다.

그날 밤, 문수는 공부는 안 하고 한참 동안 고민을 했다. 일요일 오전, 문수는 이성식 선생에게 개별 상담을 신청했다. 하라고 해도 안 하던 문수였는데 스스로 개별 상담을 받으러 갔다. 면담 시간이 누구보다 길었다. 거기서 무슨 말을 주고받았는지는 아무도 모른다. 다만 면담을 마친 다음 날인 월요일부터 문수가 완전히 다른 사람이 되었다 사실은 분명하다. 민아를 멀리했고, 재오와 가까워졌다. 재오와 문수는 점점 닮아갔다. 둘을 보면 생김새만 다른 쌍둥이 같았다. 둘 다 악착같이 공부했고, 철저하게 생활을 다잡았으며, 조금도 빈틈을 허용하지 않았다. 학원이 원하는 완벽한 프로그램 두 개가 맞물리며 돌아가는 느낌이었다.

문수는 동훈이와도 멀어졌다. 어느 날 밤, 분위기 파악을 못 한 동훈이가 문수에게 고민을 늘어놓았다가 된통 되치기를 당했다.

"너 어쩌려고 그러냐? 언제까지 어린애처럼 굴 거야? 너는 재수생이야. 고등학생도 대학생도 아닌 재수생이라고. 입시에 실패해서 부모가 한 달에 수백만 원씩 돈을 더 쓰게 만들고, 성공이 보장되지도 않는 재수를 하며 배려란 배려는 다 받잖아. 그만 찡찡거려. 힘들면 관두고 나가, 아니면 죽을 각오로 해. 이성식 선생님이 말씀하셨잖아. 유서를 써서 늘 품고 공부하라고. 그러면 못해 낼 공부가 없다고."

문수는 내가 듣는 자리에서 동훈이를 나무랐는데, 마치 이성식 선생을 보는 것 같았다.

문수는 선우와도 다퉜다. 선우는 반장임을 내세워 이성식 선생에게 종종 건의했는데, 첫 싸움은 그 때문이었다. 선우는 감시가 심하다면서 조금은 풀어달라는 요구를 했다.

"저희가 죄수는 아니잖아요. 꼬락서니는 죄수 같지만."

선우가 한 농담에 애들이 키득키득 웃었다.

"죄수가 아니라고? 아니! 너희는 죄수야. 죄를 졌지. 그것도 아주 큰 죄를 졌어. 우리 학원은 다른 곳보다 비싸. 다들 알 거야. 부모님이 노후를 위해 저축해야 할 돈을 너희들이 쓰게 만들었어. 그게 죄가 아니면 도대체 뭐가 죄일까?"

애들 얼굴에서 웃음기가 싹 사라졌다.

"이 나라에서 실패는 죄야. 실패는 게으름과 무능을 입증하는 증거이며, 인격에 심각한 결함이 있다는 낙인이야. 너희는 신성불가침인 입시에서 이미 한 번씩 실패했기에 죄인이야. 그래서 너희들을 CCTV로 감시하고, 행동을 교정하는 거야. 다시는 죄를 짓지 말라고."

이성식 선생이 탁자를 '쾅' 내리쳤다.

"아직도 너희가 처한 현실을 모르겠어? 아직도 너희에게 인권이 있다고 생각해? 아직도 자유를 원해? 죄를 지었으면 죄인답게 굴어. 나한테 항의하거나 요구를 하고 싶다면 죄인이라는 굴레부터 벗어던져!"

그 순간 우리는 진짜 죄인이 되었다. 누구도 고개를 들지 못했다. 나조차 괜히 부모님께 죄송해지고, 실패자라는 낙인에 부끄러워졌다.

점심을 먹는데 선우가 계속 투덜거렸다. 그때 문수가 끼어들었다.

"잘못했으면 깔끔하게 인정하고 그만하지."

타이르는 말투였다.

"너, 지금 뭐라고 했냐?"

"잘난 척 그만하라고."

"저게······."

"어차피 실패해서 죄인 신세가 됐으면 죄인답게 굴어. 잘난 척은 성공한 뒤에 딴 데 가서나 하고."

둘이 말다툼을 벌이기는 했지만 그게 사이가 틀어진 중대한 계기는 아니었다. 둘 사이가 완전히 틀어지는 사건은 나중에 벌어졌다. 사건이라기보다는 상황이 바뀌었다는 말이 더 어울릴 듯하다. 문수가 향상된 점수에 맞춰 진로를 바꾸면서 상황이 변한 것이다.

이성식 선생은 이렇게 말했다.

"진로는 꿈이 아니라 점수가 결정한다. 높은 진로 목표를 잡아라! 태양을 향해 화살을 쏘면 산으로 날아가지만, 산을 겨냥하고 화살을 쏘면 바닥에 떨어진다."

문수는 이성식 선생과 면담을 하고 높은 목표로 진로를 바꾸었는데 하필이면 그게 선우와 같았다. 더구나 문수가 지원하려고 결정한 곳이 전부 선우가 목표로 하는 곳과 완전히 똑같았다. 그때부터 선우와 문수는 확연히 멀어졌고, 툭하면 경쟁심을 드러냈다.

그렇다고 생활이 크게 달라지지는 않았다. 어차피 재수학원은 자기와 싸움을 벌이는 전쟁터였다. 각자 살아남으려고 발버둥치기도 벅찼기에 타인에 관한 관심은 재학생 때처럼 오래 가지 않았다. 입시가 끝나면 어차피 다시 볼 사이도 아니기에 잘 지낼 필요도 없었다.

문수와 재오는 자기와 벌이는 싸움에서 이겼고, 선우는 교묘하게 잘 타고 넘어갔으며, 동훈이는 점점 패배해 갔다. 나는……, 안타깝게도 동훈이보다 심했다. 그래서 도망쳤다. 이미 패배하는 길로 접어들었는데, 빡빡한 감시망까지 견디기는 벅찼다. 나는 5월 초순부터 나갈지 말지 고민했다. 그리고 웃기게도 내 고민을 재오와 가장 많이 상의했다. 다른 애들은 잘 모르겠지만 나는 재오가 힘들어하는 걸 알았다. 그래서 둘이 따로 대화를 많이 했다.

사람이 처음부터 내달리면 지치는 법이다. 작년 수능을 망친 바로 그날, 곧바로 재수를 결심한 재오는 수능 다음 날부터 내달렸다. 2월에 재수학원에 들어와서는 더욱 공부에 매달렸다. 고3 때도 쉬지 않고 공부했으니, 아니 그전에도 쉬지 않고 공부했으니, 지치지 않으면 이상했다. 가장 큰 원인은 성적이었다. 재오는 처음 들어왔을 때보다는 성적이 확실하게 올랐지만, 더 치고 올라가지 못했다. 이성식 선생과 상담도 자주 하고, 다른 선생님들에게 꼼꼼하게 지도를 받는데도 마지막 고개를 넘지 못했다. 나보다는 월등히 높은 수준이었지만, 정점을 찍지 못하니 점점 불안해했다. 아직 수능까지 6개월이나 남았다는 말도, 거의 목표에 도달했다는 말도 재오에게는 위로가 되지 못했다. 근거 없는 불안감이 재오를 흔들어댔다.

"문수와 상의하지 그래? 단짝이잖아."

더는 내 말이 위로가 되지 않음을 확인하고, 문수와 이야기해보라고 권했다.

"문수는 지금 맹렬하게 불이 붙었어. 나를 전혀 이해 못 할 거야."

재오는 도움도 안 되는 나와만 고민을 나누었다. 나는 재오가 힘들어한다는 비밀을 아무에게도 말하지 않았다. 그러다 문수와 재오 사이에 사소한 다툼이 생겼다. 말 그대로 사소한 다툼이었다.

기숙학원에서는 새벽 1시가 넘으면 무조건 자야 한다. 다섯 시간은 자야 공부 머리가 맑게 유지된다는 이유에서였다. 재오는 초기부터 잘 지켰다. 그 반면에 문수는 일부러 노닥거리며 잠을 안 잤고, 우리도 딴짓하며 노는 경우가 많았다. 그러다 4월 초부터 문수도 1시에는 무조건 잤다. 재오는 나와 동훈이가 딴짓을 하든 말든 상관하지 않고 그냥 잤는데, 문수는 방해된다면서 빨리 자라고 다그쳤다. 결국 우리는 모두 1시에 잠을 자야만 했다.

그런데 재오가 5월 중순부터 그 룰을 어기기 시작했다. 1시에 자야 하는데 몰래 침대에서 불을 켜놓고 공부를 했다. 나와 동훈이는 2층이었기에 그걸 몰랐는데 문수는 재오가 안 자고 공부하는 걸 안 모양이었다.

아침에 일어나자마자 문수가 재오를 나무랐다.

"너 1시 넘어서 또 불 켜고 공부했지?"

재오는 아무런 대꾸도 안 했다.

"규칙 몰라?"

"알아!"

재오가 차갑게 대꾸했다.

"이성식 선생님께서 잠을 줄이면서까지 공부하지 말라고 했잖아. 그래 봐야 효과 없고 길게 보면 오히려 방해된다고."

"그 이성식, 이성식!"

재오가 숨을 크게 들이마셨다.

"이성식 선생님이 하랬잖아. 이성식 선생님이 하지 말랬잖아. 이따위 말은 좀 그만하면 안 되겠냐?"

"야, 너 지금 뭐라고······."

문수가 깜짝 놀라며 눈을 부라렸다.

"이성식 선생이 하란 대로 해서 다 잘됐냐? 게시판에 붙은 승리자들에 가려진 실패자들이 얼마나 많은지 모르지? 나한테 안 맞으면 실패하는 거야. 내 공부야. 내 공부는 내가 알아서 해."

재오가 워낙 세게 나왔기 때문에 문수는 아무런 반박도 못 했다. 재오는 나가버렸고, 문수는 황당한 표정을 지은 채 서 있었다.

그 뒤로 둘은 가깝지도 멀지도 않게 보냈다. 겉으로 보기에는 변함이 없어 보였지만 알게 모르게 냉기가 흘렀다. 남들은 알아채지 못했다. 어쨌든 둘은 미친듯이 공부하는 애들이었고, 남들이 알아차리게 흐트러진 모습을 보인 적이 없었다.

재오가 그 뒤로 마음을 다잡았는지는 모른다. 나는 나와 벌이는 싸움에서 패배했고, 결국 5월까지만 다니고 학원을 그만두었다. 성적도 오르지 않는데 다른 기숙학원보다 비싼 돈을 내고 다니기 싫었다. 더는 부모님께 죄를 짓고 싶지 않았다.

06

저는 피해자입니다

연규(남 203호)

저는 범인이 아닙니다. 피해자입니다. 저는 주사기를 훔치지 않았습니다. 주사기가 제 필통에 들어 있는 줄도 몰랐습니다. 무심코 만지는 순간에도 그게 주사기인지 알아차리지 못했습니다. 누군지 모르지만 제 필통에 몰래 주사기를 넣었습니다. 제가 주사기를 훔쳤다고 믿게 만들려는 악의로 어떤 놈이 벌인 짓입니다.

제 필통은 크고 빵빵합니다. 중학생 때부터 늘 큰 필통을 챙겨서 다녔습니다. 사실인지 아닌지는 제가 예전에 다녔던 학교 친구들에게 물어보세요. 물론 필통에 든 필기구를 다 쓰지는 않습니다. 그냥 가득 채워서 다니면 기분이 좋습니다. 풍성함이 주는 만족감입니다.

그날 아침, 필통을 가방에 넣는데 재오가 잔소리를 했습니다.

"쓰지도 않은 필기구들을 가득 채워서 다니면 뭐 하냐?"

"풍성해야 좋잖아."

저는 빵빵한 필통을 가볍게 던졌다 받은 뒤에 가방에 넣었습니다.

"어차피 몇 개 쓰지도 않으면서……."

"기분이잖아. 너는 꼭 써야만 들고 다니냐?"

"깔끔한 게 좋아."

처음에는 안 그랬는데 재오가 자꾸 잔소리를 해댑니다. 뒤늦게 찾아온 사춘기도 아니고 왜 그러는지 모르겠습니다.

그때 밖으로 나가던 문수도 한마디 했습니다.

"어차피 수능은 샤프 하나밖에 안 써. 수능을 위해서라면 평소에도 샤프로만 연습해야지."

"참, 꼰대스럽다!"

저는 문수를 비웃어주었습니다. 재오는 기분 나쁘게 만드는 한숨을 쉬더니 밖으로 나갔습니다.

다른 애들에게 들어서 알겠지만 저는 재오를 싫어합니다. 특히 깔끔한 척하는 꼴이 싫습니다. 그걸로 다투기도 했습니다. 아시다시피 생활관에는 화장실이 두 곳입니다. 제 침대 앞 화장실을 문수가 쓰고 옆 화장실은 비어 있어서 그곳으로 들어갔습니다. 볼일을 보고 나오는데 재오가 버럭 짜증을 냈습니다.

"왜 이쪽 화장실을 쓰는데?"

"아니, 같은 방 화장실인데 뭐가 어때서?"

"네 화장실은 저쪽이잖아."

"같은 방인데……."

"규칙 좀 지켜! 규칙이라면 무조건 어기려고만 들지 말고."

"이게 무슨 규칙이야?"

"원래 그렇게 써 왔어. 관습 몰라, 관습? 관습이야말로 가장 강력한 규칙이야. 앞으로는 더럽게 이쪽 쓰지 마!"

그 전부터 거슬렸는데, 그 싸움 뒤로 서로 데면데면하게 지냈습니다.

얘기가 옆으로 샜네요. 아무튼 저는 주사기를 훔쳐서 제 필통에 숨기지 않았습니다. 문수는 자기 주사기 가방을 보물단지처럼 소중하게 챙기고 다닙니다. 제 필통은 주사기 가방처럼 소중한 보물이 아닙니다. 재오가 지적한 대로 필기구를 하루 내내 한두 개밖에 안 쓰고, 필통 속이 어떤지 확인하지도 않습니다. 따라서 누가 필통에 이상한 걸 몰래 넣으려고만 하면 아무 때나 가능합니다.

제가 들은 바에 따르면 주사기를 훔쳐서 제 필통에 넣을 만한 시간은 저녁 식사 뒤 방에서 노닥거릴 때뿐이었다고 합니다. 그때 방에는 선우가 서명을 받으려고 와 있었습니다. 반 단합대회를 하느냐 마느냐를 두고 논쟁을 벌였습니다. 선우가 일일이 붙잡고 설득도 하고, 따로 얘기도 나눴습니다. 문수는 화장실에 들어간다고 그 자리에 없었습니다. 주사기 가방을 화장실까지 챙겨 가지는 않으니 가방은 침대 위에 놓여 있었을 겁니다. 그 상황에서는 누구든 마음만 먹으면 주사기를 홈쳐서 제 필통에 넣을 수 있었습니다. 따지고 보면 그날 선우만 방에 안 왔으면 사건은 벌어지지 않았을 겁니다. 선우만 안 왔으면 각자 자기 할 일을 하면서 지냈을 테니까요. 이게 다 선우 때문입니다.

아무튼 저는 선우가 마음에 안 듭니다. 틈만 나면 나대고, 뭐든 자기 뜻대로 이끌려 하고, 재수하는 처지에 단합은 또 왜 그리 강조하는지, 그저 한심해 보입니다. 저는 재수는 자기 책임이라고 생각합니다. 어차피 시험은 각자 보잖아요. 그 시험으로 결정되는 것도 자기 인생이고……. 선우는 다 같이 잘 돼야 한다고 말하는데, 황당한 주장입니다. 수능은 경쟁자가 올라가면 나는 떨어지는 구조입니다. 이 학원에서 공부하는 모든 애들이 경쟁자입니다. 다들 그걸 압니다. 옆 사람이 망치면 내가 조금이라도 이득을 봅니다. 이런 상황에서 단결이니, 단합이니 떠들어대다니, 얼마나 웃깁니까?

선우가 203호에 들어왔을 때 상황을 자세히 말해달라고 하셨죠? 그러니까, 밥 먹고 생활관으로 들어왔는데 선우가 서명을 받겠다며 곧바로 따라 들어왔습니다. 단합대회를 하게 해달라고 요구하는 서명이었습니다. 아침에 그걸로 이성식 쌤이랑 충돌하고, 우리 방은 다들 싫다고 했는데도 포기하지 않은 것입니다. 하여튼 선우는 늘 그렇습니다. 남들 의견 따위는 아랑곳하지 않고 자신이 원하는 걸 얻을 때까지 밀어붙입니다. 고등학교 다닐 때도 그런 반장과 지겹게 부딪쳤는데, 재수학원까지 와서 그런 놈을 만나다니, 저도 참 재수가 없습니다.

선우는 들어오자마자 서명용지를 내밀었습니다. 문수는 선우를 피

소년 프로파일러와 기숙학원 테러사건

해서 들어간 건지, 아니면 정말 볼일 때문에 들어간 건지 모르지만 선우가 들어오는 때에 맞춰 화장실로 들어가 버렸습니다. 선우가 서명용지를 내밀자 재오가 짜증을 냈습니다. 그 시간에 재오가 늘 하는 공부가 있기 때문이죠. 동훈이와 저는 쉴 때는 쉬자는 쪽이지만 재오는 짧은 틈새까지 악착같이 공부하는 데 씁니다. 그렇게 쉼 없이 달리다 지치면 어쩌려고 그러는지 모르지만, 아무튼 그렇습니다.

"다른 방은 다 했어. 너희만 해주면 돼."

재오가 짜증을 내거나 말거나 선우는 서명을 받으려고 밀어붙였습니다. 둘이 날카롭게 부딪히는 꼴이 흥미로웠습니다. 침대와 침대 사이에 놓인 탁자를 가운데 두고 재오와 선우, 제가 마주 앉아 있었습니다. 그때 동훈이가 뭘 했는지는 모릅니다. 선우와 재오가 언성을 높이며 다투었고, 저는 그걸 구경하느라 정신이 없었으니 동훈이가 몰래 일을 꾸미려고 했다면 충분히 가능했습니다.

재오와 한참 말다툼을 벌이던 선우는 결국 포기하고 동훈이를 불러냈습니다. 선우는 계속 동훈이를 설득했는데 동훈이는 선뜻 결정을 못했습니다. 선우 말에 끌리면서도 문수나 재오 눈치를 보는 듯했습니다. 동훈이는 늘 그랬습니다. 줏대가 없습니다. 이 말을 들으면 이리 흔들리고, 저 말을 들으면 저리 흔들립니다.

"민아가 여자애들도 받아준다고 했어."

그 말을 듣고 동훈이가 눈살을 찌푸렸습니다. 민아를 좋아하는 동훈이로서는 선우와 민아 사이에 교류가 있다는 말이 곱게 들릴 리 없었습니다. 확실히 그 말은 역효과를 냈습니다. 설득을 당할 듯하던 동훈이는 뒤로 뺐고, 선우는 결국 설득에 실패했습니다. 그때도 저는 두 사람이 나누는 대화를 흥미롭게 지켜보았습니다. 재오를 딱히 의심하지는 않지만, 그때는 재오에게도 주사기를 훔쳐서 내 필통에 넣을 기회는 있었을 겁니다.

"연규, 너는 끝까지 반대냐?"

선우가 저에게 말을 걸었습니다.

저는 반대한다고 말하려다가 마음을 바꿨습니다. 가만히 따져보니 단합대회를 하면 여유로운 시간이 생기리라는 기대 때문이었습니다. 이 학원은 일요일까지 빡빡하게 돌아가는데, 일요일에 단합대회를 한다면 그때는 눈치 안 보고 놀아도 됩니다. 그렇다고 혼자서만 찬성하고 나설 처지는 아니었습니다. 제가 막무가내긴 해도 방 애들 눈치는 봅니다.

"나는 뭐 꼭 반대는 아니야. 그렇다고 다 반대하는데 나만 찬성하기도 뭣하고."

내가 의외로 누그러진 반응을 보이자 선우는 몹시 기뻐했습니다.

"오! 아주 좋아. 그럼 너희들끼리 상의 좀 해봐. 우리 사회는 민주주의잖아. 민주주의 사회답게 너희끼리 토론으로 결정해. 나는 잠깐 빠질 테니까."

그렇게 해서 재오, 동훈과 모여 앉아서 의견을 나눴습니다. 저는 찬성이었고, 재오는 반대했습니다. 동훈이는 갈피를 잡지 못했습니다.

우리끼리 꽤 치열하게 논쟁이 벌어졌고, 선우는 전혀 끼어들지 않았습니다. 그러니까 그때 선우가 어디서 뭘 했는지는 모릅니다. 선우가 문수 주사기를 빼내서 제 필통에 넣으려고 마음먹었다면 실행하기에는 충분히 가능할 만한 여건이었습니다. 아무튼 점점 동훈이는 찬성 쪽으로 기울었고, 재오도 두 사람 의견이 그렇다면 딱히 반대는 안 하겠다면서 물러섰습니다. 그때 문수가 화장실 문을 열고 나왔습니다.

"난, 절대 반대야."

문수는 화장실에서 나오자마자 이렇게 말했습니다. 화장실에서 우리가 주고받는 의견을 다 들은 게 분명했습니다. 서명하려던 동훈이가 볼펜을 놓아버렸습니다. 저는 그때 문수에게 잘 보여야 할 이유가 있었기에 문수와 불필요하게 부딪치기 싫었습니다.

"문수 의견이 그렇다면, 나도 뭐 굳이 찬성하고 싶지는 않네."

그 순간, 선우 표정을 보았습니다. 이글거리는 눈빛, 씰룩거리는 입술, 찡그린 이마까지, 누가 봐도 문수에게 분노하는 얼굴이었습니다. 씩씩거리던 선우는 서명용지를 거칠게 잡아채더니 밖으로 나가버렸습니다.

그때 제가 문수 의견에 따랐다고 해서 제가 문수와 관계가 좋다고 생각하시면 안 됩니다. 관계를 개선하고 싶지도 않았습니다. 저는 문수가 싫습니다. 노예처럼 사는 삶은 딱 질색입니다. 문수는 이성식 쌤을 졸졸 따르는 노예입니다. 이성식 쌤이 한 말을 기록한 공책도 있습니다. 심지어 이성식 쌤이 유서를 써서 품고 다니라고 했다고 진짜 그렇게 한 놈입니다.

"유서라도 품고 살아라. 죽을 각오로 하면 뭐든 못 하겠어! 힘들어? 살아서 긴 세월을 모욕당하는 것보다는 나아. 지금 고통은 영광이 될 거야."

참 꼰대다운 충고 아닙니까? 죽을 각오로 공부하라니, 공부가 무슨 전쟁입니까? 저는 이런 충고를 들을 때마다 토가 나오려고 합니다. 그런데 문수는 그 말을 그대로 따랐습니다. 미친놈 아닙니까? 아무리 자신이 믿고 따르는 선생이라고 해도 그렇게까지 하다니……. 의료진이 문수 품에서 유서를 발견하고 자살 시도가 아닌지 오해했다고 하는데, 코미디도 그런 코미디가 없습니다.

재오도 이성식 선생 아바타인데 문수보다는 낫습니다. 자기를 건드리지만 않으면 내버려두니까요. 그런데 문수는 오지랖 넓게 제 공부까지 간섭합니다. 저번 토요일에 소모임 학습을 할 때였습니다. 제가 국어 문제를 풀어놓은 걸 보더니 문수가 지적했습니다.

"OX는 한국식으로 치지 말고 영어식으로 하라고 몇 번이나 말해. OX 표시도 문항 뒤에 하지 말고 앞에 하라니까."

"그걸 어떻게 하든 내 맘이지, 네가 웬 상관이야?"

"그래야 실수를 안 한다니까."

"난 실수 안 해."

"저번 주에도 적절하지 않은 거 고르라고 했는데, 적절한 거 골랐잖아."

"그때는 집중력이 떨어져서 실수했다고 했잖아."

"그러니까 질문과 상관없이 맞으면 O, 틀리면 X를 치면 집중력이 떨어져도 안 틀리지."

"앞으로는 실수 안 해."

"그게 말처럼 되냐?"

저는 더는 말이 안 통해서 그만두었습니다.

조금 뒤에 문수가 또 간섭했습니다.

"빗금(/)을 그어."

"왜 또 그래?"

"빗금 하나가 등급을 나눈다고 이성식 선생님이 몇 번이나 강조했잖아!"

"작대기 하나 긋는다고 등급이 올라가는 게 말이 되냐?"

"문항을 통으로 보지 말고 분할해서 보라는 뜻이잖아. 이 문항을 봐. 앞은 시에 있는 사실 표현, 뒤는 의미 해석이잖아. 사실과 해석을 둘로 나누면 판단하기도 쉽고, 빠르잖아. 이 문항 같은 경우는 무려 네 가지나 판단을 해야 하는데 그냥 눈으로 대충 보고 판단하면 헷갈리고 함정에 빠져. 함정을 피하려면 문항을 나눠야 해."

"내가 알아서 할 테니 간섭하지 마."

문수가 하는 지적은 모두 이성식 쌤에게서 나왔습니다. 저도 이성식 쌤이 알려준 방식을 배웠습니다. 나름 괜찮은 방법입니다. 그렇지만 저한테는 안 맞습니다. 제 나름 방식으로 하려는데 문수는 왜 그리 간섭하는지 모르겠습니다. 마치 이성식 쌤이 하라는 대로 안 하면 무슨 큰 일이라도 날 듯이 지적을 하니, 도저히 이해가 안 됩니다.

혹시 문수 자습실 책상에 붙어 있는 글귀들을 읽어보셨나요? 조사하면서 읽어보셨죠?

'큰 승리를 원하면 큰 대가를 지불해라', '승기를 잡았으면 상대를 무자비하게 짓밟아라', '싸우기 전에 승리하라!'

살벌하지 않나요? 이런 문구들이 전부 이성식 쌤이 입에 달고 사는 말이라니까요.

그렇게 문수를 싫어하면서 단합대회에 관련해서는 왜 문수 의견을 따랐냐고요? 침대를 바꾸고 싶었거든요. 저는 2층 침대가 싫습니다. 저는 바닥에서 멀어지면 불안합니다. 고소공포증인지도 모르겠습니다. 2층 침대에서는 깊은 잠을 못 자고, 자꾸 부대낍니다. 문수에게 사정을 말하고, 침대를 바꿔달라고 부탁했습니다. 짐작하시겠지만 문수는 제 부탁을 들어주지 않았습니다. 그래도 꾸준히 요구하면 언젠가는 귀찮아서라도 들어주리라 믿고 계속 설득하는 중이었습니다.

거듭 말하지만, 저는 메밀을 준비실 매실가루통에 넣지 않았습니다. 사람들은 제가 문수 손가방에서 주사기를 뺀 뒤에, 준비실에 메밀을 넣고, 휴게실에서 일부러 문수가 마시는 음료수통을 엎어버린 거 아니냐고 의심하는데, 절대 그러지 않았습니다. 물론 제가 의심을 받을 만한 상황임은 압니다. 그러나 앞서 말했다시피 저는 주사기를 바꿔치기

할 만한 틈이 없었습니다. 다른 애들은 다 있었지만 저는 없었습니다. 간식을 받으러 준비실에 갔고, 매실가루를 보관하는 창고에 몰래 들어가기는 했지만, 메밀을 몰래 넣지는 않았습니다.

6시 40분이면 준비실에서 간식을 나눠줍니다. 그날은 저와 동훈이가 간식을 받으러 갔습니다. 전날은 문수와 재오가 갔습니다. 204호도 우리와 같은 식으로 몰래 간식을 훔치는 줄은 그때 처음 알았습니다. 다른 방 애들은 순진하게 한 명씩만 와서 주는 대로 받아 갑니다. 아무리 봐도 시험만 잘 보는 헛똑똑이들입니다. 우리 방도 예전에는 그랬다고 합니다. 둘이 가면 몰래 들어가서 훔칠 수 있는데 다들 그걸 모르다니…….

그날, 저와 동훈이가 번갈아 준비실 창고로 들어갔습니다. 선우도 준비실에 들어가는 걸 봤습니다. 창고에 동시에 머물지 않고, 번갈아 들어갔기에 그 안에서 동훈이나 선우가 뭘 했는지 모릅니다. 그 둘이 하려고만 했다면 그 짓을 할 기회는 얼마든지 있었겠죠. 물론 저는 안 했습니다.

음료수통을 엎은 사고는 우연이었습니다. 너도나도 빨리 음료수를 따라서 자습실로 들어가려다가 벌어진 일입니다. 동훈이가 문수와 충돌하기는 했는데 딱히 동훈이 때문인지는 모르겠습니다. 저도 전에 한 번 겪었습니다. 그때도 문수와 부딪쳤고 이번 사건 때와 달리 음료수통은 안 깨졌지만, 음료수는 다 쏟아졌습니다. 그때는 우연히 벌어진 사건이었지만, 이번에는 동훈이가 일부러 사고를 쳤을 가능성도 있다고 봅니다. 아니면 동훈이 뒤에 있던 선우가 동훈이를 슬쩍 밀쳐서 부딪치게 했을지도 모르지요. 그건 확실하지 않습니다. 그냥 그렇다는 말입니다. 아무튼 저는 아닙니다.

피해자인 척하려고 주사기 바늘에 일부러 찔리지 않았냐고 의심하는데, 전혀 그렇지 않습니다. 손가락은 공부하다가 의도치 않게 찔렸습니다. 단체 학습실에서 혼자 공부하는데 보드마카가 잘 안 나왔습니다. 저는 칠판에 쓰면서 풀면 문제가 잘 풀립니다. CCTV에 다 찍혔을 테니 확인해보세요. 한참 문제를 푸는데 밖에서 시끄러운 소리가 났습니다. 무슨 일인지 궁금해서 나와봤더니 황급히 움직이는 119구급대가 보였습니다. 문수를 구조하려고 출동했다는 말은 나중에 들었습니다.

그 뒤 곧바로 다시 공부하는데 보드마카가 잘 안 나왔습니다. 옆 교실은 문이 잠겼기에 보드마카를 받으려면 1층 준비실까지 가야 합니다. 시간이 아까웠습니다. 그때 제 필통에 보드마카를 넣어 두었던 기억이 떠올랐습니다. 그래서 필통에서 보드마카를 꺼냈습니다. 어떻게 보드마카와 주사기가 헷갈릴 수 있냐고 의심하는 데 한참 집중해서 문제를 푸는 중이었기에 주사기인지 몰랐습니다. 더구나 저는 그 주사기를 구경한 적도 없습니다. 문수가 차고 다니는 작은 가방은 늘 봤지만, 그게 응급용이라는 사실은 알았지만, 자세한 건 몰랐습니다. 아무도 설명해주지 않았고, 솔직히 궁금하지도 않았습니다.

문제에 집중하면서 무심코 보드마카를 꺼냈고, 습관처럼 엄지로 뚜껑 쪽을 눌렀는데, 바늘에 찔리고 말았습니다. 그때는 그게 무슨 상황인지 헤아리지도 못했습니다. 손가락이 조금 아프긴 했지만, 가시에 찔리는 아픔 정도였기에 무시했습니다. 나중에야 상황 파악을 했고, 그게 문수가 늘 가지고 다니는 주사기라는 걸 알았습니다. 그때도 제가 문수 주사기를 훔쳤다고 오해받을 줄은 상상도 못 했습니다.

주사기에 어깨 부위를 찔린 사건도 자작극이 아닙니다. 저는 피해자입니다. 앞서도 말했지만 저는 1층 침대가 좋습니다. 몇 번이나 문수에게 바꿔 달라고 조르기도 했습니다. 문수가 실려 가고 1층 침대가 비었습니다. 문수가 없는 침대에 누워보고 싶었습니다. 하룻밤이라도 편하게 자고 싶었습니다. 베갯잇 속에 교묘하게 주사기를 숨겨 두었을 줄이야……. 범인은 분명히 치밀하면서도 악독한 놈입니다.

빈 침대에 몸을 던지며 누웠습니다. 옆에서 보기에는 신난 것처럼 보였을지 몰라도 저는 그냥 눕고 싶어서 누웠을 뿐입니다. 문수가 다친 게 전혀 기쁘지 않았습니다. 아마 세게 누우면서 바로 찔린 것 같습니다. 하지만 처음에는 아픈 줄도 몰랐습니다. 이상한 기분이 들어서야 통증을 알아차렸습니다. 제가 꽤 무딥니다. 베갯잇을 들춰보니 교묘하게 끼워놓아서 베개를 베고 누우면 찔리도록 만들어 두었더군요. 지금도 그때를 떠올리면 등골이 싸늘해집니다. 만약 그때 머리에 찔렸다면……? 상상만 해도 끔찍합니다. 저는 범인이 문수를 겨냥해서 몰래 숨겨놓은 주사기에 당했습니다. 이런데도 저를 범인으로 의심하다니,

억울합니다.

그다음 날, 재오가 당한 사건은 어떻게 일어났는지 잘 모릅니다. 문수가 없었기에 화장실에서 모처럼 편하게 샤워를 했습니다. 화장실을 독차지했기에 느긋했습니다. 씻고 머리를 말리려는데 굉음이 들렸고, 놀라서 뛰어나왔습니다. 재오는 피투성이가 된 채 바닥에 나뒹굴며 괴성을 질러댔습니다. 동훈이는 방에 없었습니다. 딱히 터질 만한 물건도 보이지 않았고, 폭발 흔적도 없었기에 무슨 일이 벌어졌는지 짐작도 못했습니다.

나중에 소듐을 물에 넣었을 때 발생하는 현상이고, 그걸 '쿨롱폭발'이라고 부른다는 설명을 듣고 깜짝 놀랐습니다. 소듐을 발포비타민으로 착각하게 했다는데, 아마도 재오 습관을 잘 아는 놈이 꾸민 짓이겠지요. 그 때문에 저를 의심하는 듯한데 그러면 안 됩니다. 재오가 노인들처럼 플라스틱 통에 담긴 영양제를 늘 같은 시간에 챙겨 먹는다는 사실이야 알 만한 애들은 거의 알거든요. 재오에게 뭔가 위해를 할 목적이 있는 사람이라면 누구나 떠올릴 만한 방법이라고 생각합니다. CCTV가 촘촘히 감사하기는 하지만 빈틈은 언제나 있는 법입니다. 같은 방이니 더 쉽게 가방에 접근할 수 있긴 합니다. 그렇지만 제가 왜 재오에게 그런 해를 입히겠습니까?

재오가 그 난리를 치고 실려 간 뒤라 제 몸에서 일어나는 변화를 빨리 알아차리지는 못했습니다. 앞서 말씀드렸듯이 제가 좀 무딥니다. 오후 늦은 시간이 되어서야 몸에 이상을 느꼈습니다. 간호사 쌤이 보더니 괴사라고 해서 저도 놀랐습니다. 주사기도 간호사 쌤에게 드렸습니다. 간호사 쌤이 노란 꼭지는 어디 있냐고 물었는데, 저는 그게 뭔지도 몰랐습니다. 설명을 들은 뒤에야 수류탄 안전핀처럼 주삿바늘에 찔리는 걸 막는 주사기 안전장치임을 알았습니다.

이게 제가 아는 전부입니다. 저는 이 기숙학원이 싫습니다. 저는 이곳에 어울리지 않습니다. 쌤들 실력도 뛰어나고, 지도법이 수능 점수를 잘 받는 데 효과가 좋은 줄은 알지만, 저한테는 안 맞습니다. 저는 이곳에서 이방인입니다. 엄마 성화에 못 이겨 들어오긴 했지만, 지금이라도 나가고 싶습니다. 단지 엄마가 크게 실망할까 봐 그냥 참고 지냅니다. 이대로 가다가는 또다시 입시에 실패하고 삼수를 할지도 모른다는 불안에 떨며 삽니다. 삼수하기는 싫은데, 어찌해야 할지 모르겠습니다.

07

둘 중 한 사람이 범인입니다

선우(남 204호)

저는 범인이 아닙니다. 절대 아닙니다. 용의자로 의심을 받다니 억울합니다. 저는 문수도, 재오도 싫습니다. 사실입니다. 인정합니다. 그렇지만 범죄를 저지를 만큼 증오하지는 않습니다. 제 나름 싫어할 만한 까닭이 있어서 싫어할 따름입니다.

재오는 처음 볼 때부터 거슬렸습니다. 심한 병을 앓는 노인처럼 약을 달고 살고, 건강 걱정은 하면서 운동을 싫어하고, 강박증 환자처럼 딱 정해진 대로 하는 꼴이 보기 싫었습니다. 저와는 워낙 성향이 달라서 어울리고 싶지도 않았습니다. 같은 반만 아니었다면 아는 척도 안 했을 놈입니다. 문수는 재오와 달리 처음에는 친했습니다. 위험한 몸

상태임에도 활발한 성격에 호감이 갔습니다. 쌤이 시키는 대로 하지 않고 주관이 뚜렷한 점이 좋았습니다. 자유롭고 유쾌하고 농담도 잘하고, 같이 다니면 기분이 좋아지는 친구였습니다. 다른 애들에게 들어서 아시겠지만 4월 초부터 변했고, 멀어졌습니다. 도대체 왜 갑자기 변했는지 아직도 잘 모르겠습니다. 재오 때문이었는지, 이성식 쌤 때문이었는지, 아니면 아무도 모르는 무슨 사건을 겪었는지는 모르겠지만 하루아침에 변해버렸습니다. 그 뒤로는 사사건건 다퉜습니다. 배신감이 컸습니다. 그것 때문에 복수하려고 하지 않았냐고요? 제가 복수를 하려고 했으면 진즉에 했지 6월까지 왜 기다립니까? 저 같으면 상대방 약점을 잡아서 함정에 빠뜨리는 비열한 짓은 안 합니다. 문수가 변하는 걸 보고 재오를 더 싫어하게 되었냐고요? 재오는 그냥 처음부터 지금까지 똑같이 싫습니다.

그들을 싫어하기는 하지만 해칠 정도로 제가 못된 사람은 아닙니다. 혹시 민아가 시키지 않았냐고 하는데 사실이 아닙니다. 민아가 시키지도 않았지만, 설혹 민아가 시켰더라도 저는 안 합니다. 민아에게 잘 보이고 싶기는 하지만 그런 짓을 벌이면서까지 호감을 얻고 싶지는 않습니다. 그런 짓을 한다고 해서 민아가 호감을 보일 리도 없습니다. 민아에게 아직도 문수를 향한 미련이 남아 있는지는 잘 모르겠습니다. 제가 알기로는 없습니다. 물론 사람 속은 모르지만요. 민아가 복수심에 불타지 않았느냐고요? 그건 모릅니다. 정혜한테 듣기로 문수에게 심한 모멸을 당했다는데, 민아에게 그와 관련해서 딱히 들은 말은 없습니다.

　동훈이가 연적이라고요? 삼각관계 아니냐고요? 그것 때문에 범죄를 저지르지 않았느냐고요? 동훈이가 어떤 녀석인지 조사하셨으면서, 그따위가 제 경쟁상대가 된다고 보시다니, 어이가 없네요. 이런 일에 삼각관계라는 조잡한 틀은 끌어들이지 마시길 바랍니다. 물론 동훈이가 민아를 많이 좋아하기는 합니다. 표현을 안 하지만 민아를 좋아하는 남자애들이 동훈이 말고도 꽤 될 겁니다. 속으로 좋아하는 애들까지 다 모아놓으면 오각, 육각, 팔각 관계라고 해야 할까요? 아니잖아요. 민아와 마음을 나누고, 민아 고민도 들어주고, 민아에게 어울릴 만한 사람은 저밖에 없고, 저에게 어울릴 만한 여자도 민아밖에 없습니다. 다른 녀석들은 저에게 상대도 안 됩니다. 민아는 예쁘고, 성격도 좋고, 매력이 넘칩니다. 제 여자친구가 될 만한 자격을 갖췄죠. 민아를 볼 때마다 이 기숙학원에 들어오길 참 잘했다는 생각이 듭니다. 저는 수능이 끝나고 민아에게 당당하게 고백을 할 계획입니다.

　제가 저질러놓고 연규에게 누명을 씌우려고 하지 않았냐고요? 연규가 그러던가요? 하여튼 그 새끼는 남 앞에서는 정의로운 척하면서 뒤에서는 자기 살길만 찾는다니까요. 걔는 무책임과 비겁한 이기주의로 똘똘 뭉친 새끼입니다. 대기까지 해서 이 학원에 들어왔으면서, 마치 공기 좋은 곳에 캠핑이라도 온 듯이 제멋대로 굽니다. 자유를 지키는 투사도 아니고, 재수생 주제에 뭐 하는 짓인지 모르겠습니다. 선생님들이 생활과 공부를 세게 규제하는 면도 있지만 학습 효과 면에서는

　　　　　　　　　소년 프로파일러와 기숙학원 테러사건

괜찮습니다. 따를 거는 따르면서 요구를 해야지, 늘 불만만 제기하고 아무런 규율도 지키지 않으면서 왜 이 학원에 있는지 모르겠습니다. 그 자식은 불평이 입에 밴 습관성 불평꾼입니다.

저는 에피네프린 주사기를 훔치지 않았습니다. 연규 필통에 몰래 넣지도 않았고, 베갯잇 속에 넣지도 않았습니다. 왜 굳이 203호에 들어갔냐고 물으면서 저를 용의자로 몰아가시는데, 저는 그저 서명을 받으러 갔을 따름입니다. 서명을 안 받을 때도 다른 방에 방문하는 일은 흔합니다. CCTV를 조사했으니 아시잖아요? 그날, 전에 없던 별난 짓을 한 게 아닙니다. 조사하셨는지 모르지만 제가 반 단합대회를 요청했는데 이성식 선생님이 받아들이지 않았습니다. 선생님께 반 전체 뜻을 모아서 다시 건의하려고 서명을 받았습니다. 거의 모든 애들이 서명했습니다. 그런데 유독 203호만 아무도 서명을 안 했습니다. 203호 전체가 반대하면 모양새가 좋지 않다고 판단했습니다. 선생님께서 그 핑계로 우리 요구를 받아주지 않을 듯했거든요. 그걸 막으려고 203호에서 한 명이라도 설득하려고 들어갔습니다.

203호에 들어가서 몰래 주사기를 훔치지 않았냐고 의심하시는데, 저는 절대 안 그랬습니다. 물론 제가 훔칠 기회가 있었다는 점은 인정합니다. 제가 203호에 들어갔을 때 연규와 문수가 티격태격하고 있었습니다. 연규가 문수 침대에 누워서 침대를 바꾸자고 졸라댔고, 문수는 자기 침대에 눕지 말라며 짜증을 냈습니다. 제가 들어가서 서명용지를 내밀자 문수는 피하듯이 화장실로 들어갔습니다. 재오, 동훈, 연규와 차례로 대화를 나눴고, 이야기가 잘 풀려서 셋이 의견을 조율하도록 했습니다. 셋이 토론할 때 뒤로 물러나서 지켜보았습니다. 솔직히 인정할 건 인정하겠습니다. 흑심을 품었다면, 그때 그 짓을 벌일 기회가 저에게 있었습니다. 그런데 그렇게 따지면 나머지 애들도 다를 바가 없습니다. 연규는 그럴 기회가 없었다고요? 거짓말입니다. 아니면 의심받기 싫어서 일부러 숨겼겠죠. 제 기억으로는 그렇지 않습니다. 연규에게도 충분히 기회가 있었습니다.

셋이 대화를 나누는데 단합대회에 찬성하는 쪽으로 의견이 모였습니다. 저는 흐뭇하게 지켜보았습니다. 이야기가 잘 마무리될 때쯤 문수가 화장실에서 나오더니 절대 반대한다고 초를 쳐버렸습니다.

"문수 의견이 그렇다면, 나도 뭐 굳이 찬성하고 싶지는 않네."

문수가 그리 나오니 연규가 바로 반대로 돌아섰습니다. 동훈이는 서명을 하려다 그만두었습니다. 마지못해 끌려오던 재오도 원래 의견으로 돌아가 버렸습니다.

화가 머리끝까지 뻗쳤습니다. 서명용지를 거칠게 움켜잡았습니다. 그러고는 문수를 쏘아붙였습니다.

"너, 이 새끼, 또 이렇게 나온다 이거지?"

"뭐냐? 한 대 치려고?"

학원에서 주먹다짐을 벌이면 바로 퇴소 조치입니다. 그렇다고 꾹 참고 물러나기는 싫었습니다. 저는 가슴을 들이밀며 문수에게 바짝 다가가 문수를 노려보았습니다. 문수도 밀리지 않고 저에게 맞섰고, 재오와 동훈이가 옆에서 말렸습니다. 그건 확실히 기억합니다. 연규는 말리려고 나서지 않았을 겁니다. 아니, 연규는 말리지 않았습니다. 분명합니다. 연규는 이런 일이 벌어지면 늘 구경꾼 노릇만 하니까요. 얼마나 그런 상태였는지는 모릅니다. 대충 1분은 되지 않았을까요? 제가 꽤 화가 난 상태여서 눈이 돌아갔거든요. 그때 연규가 몰래 음모를 꾸미려고 했다면 충분히 가능했습니다. 1분 정도라면 재오 플라스틱 통이든, 문수 주사기든 얼마든지 건드릴 만한 시간이라고 봅니다.

저는 연규가 범인일 가능성이 가장 크다고 봅니다. 왜냐고요? 이상하잖아요. 실수로 주사기에 찔렸다니……. 어떻게 주사기와 보드마카를 구분하지 못합니까? 얼핏 보면 비슷하게 느낄수도 있지만 겉에 쓰인 글씨도 다르고, 색깔도 다른데 그걸 구분하지 못한 게 말이 됩니까? 베갯잇에 숨겨놓은 주사기에 찔린 건 더 황당합니다. 아니 어떻게 그렇게 찔립니까? 생각해 보세요. 그게 말이 되나요? 노란 안전핀이 없으니 범인이 아니라는 결론은 섣부릅니다. 만약 노란 안전핀을 자기가 보여주면 자신이 피해자라는 주장이 안 통하게 됩니다. 바보가 아닌 이상 버렸겠죠. 이 넓은 기숙학원 어느 구석진 곳에 그 작은 걸 버리면 어떻게 찾겠습니까? 병원에 가다가 버렸을 수도 있고, 병원 쓰레기통에 버렸을지도 모르죠.

준비실 창고에 간 걸로 자꾸 의심하시는데, 그것도 그날 특별히 이상한 짓을 한 게 아닙니다. 과자를 더 챙기려고 준비실 창고에 몰래 들어갔습니다. 늘 그랬던 건 아니고 얼마 전부터 그랬습니다. 그리고 그날, 저만 그런 게 아닙니다. 연규와 동훈이도 들어갔습니다. 저는 절대 매실가루통에 메밀을 넣지 않았습니다. 제가 휴가 때 밖에서 메밀을 몰래 가져왔다는 증거는 없잖아요? 물론 제가 했다고 오해할 만한 상황이고, 충분히 가능성이 있지만 저는 그렇게 비겁한 짓은 안 합니다. 동훈이나 연규는 비열해서 그런 못된 짓을 벌일 만한 놈들이지만.

제 생각에 연규가 범인일 가능성이 크다고 했는데, 가만히 생각해 보니 동훈이도 의심스럽습니다. 특히 동훈이는 민아를 향한 집착이 심했습니다. 민아가 별생각 없이 늘어놓는 넋두리를 듣고 문수와 재오를 혼내주겠다고 결심할 만한 놈이 동훈입니다. 동훈이는 우유부단해서 그런 짓을 못 한다고 하는데, 우유부단하기에 충동에 휘말려 그런 짓을 했을 확률도 있지 않나요? 민아가 동훈이를 이용했을 가능성이요? 천만에요. 민아는 그럴 애가 아니라니까요. 만약 동훈이가 했다면 민아가 한 말을 제멋대로 해석했을 겁니다. 동훈이가 범인이라도 민아에겐 책임이 없습니다.

휴게실에서 문수가 든 음료수통을 떨어뜨리게 만든 놈도 동훈입니다. 다들 그걸 자연스러운 충돌이라고 증언하는 모양인데 제가 보기에는 안 그렇습니다. 물론 제가 동훈이 뒤에 있었기에 정확히 보지는 못했지만, 딱 봐도 동훈이가 의심스럽지 않나요? 그 사건이 벌어지기 얼마 전에 연규와 문수가 부딪혀서 음료수통을 쏟은 적이 있는데, 동훈이가 그걸 보고 이 범죄를 기획했을지도 모릅니다. 제가 동훈이를 밀치지 않았느냐고요? CCTV로 확인이 안 된다고요? 최첨단이라면서 그런 것도 제대로 못 찍는다는 건 이해가 되지 않습니다. CCTV만 제대로 작동됐어도 제가 이런 의심을 안 받는데, 억울하네요.

동훈이가 저를 의심했나요? 만약 그랬다면 그거야말로 동훈이가 범죄자라는 증거입니다. 제가 동훈이와 살짝 부딪치기는 했지만 그건 음료수통을 떨어뜨린 뒤에 동훈이가 뒷걸음질을 쳤기 때문입니다. 굳이 제 잘못을 따지자면, 동훈이 뒤에 바짝 붙은 잘못은 인정합니다. 그걸로 죄를 물을 수는 없죠. 증거도 안 되고.

문수가 쓰러졌을 때 뭐했냐고요? 다른 애들과 마찬가지였죠. 뭘 어떻게 해야 할지 몰랐으니까요. 그때 재오 가방에 접근하려고 했다면, 자습실에 있던 누구나 가능했습니다. 다들 정신이 없어서 난리도 아니었으니까요. 물론 저는 절대 그러지 않았습니다. 폭발이 일어나면 어찌 될지 모르는데 그런 무서운 짓을 왜 저지릅니까? 제가 화학을 잘하기는 하지만, 쿨롱폭발이 무엇인지 이미 알고는 있었지만, 그런 지식을 이용해서 범죄를 저지를 만큼 못 되지는 않았습니다.

전 범인이 아닙니다. 절대 아닙니다. 범인은 동훈이 아니면 연규가 분명합니다.

08

상상만 해도 무섭습니다

동훈(남 203호)

"안 되면 재수하지 뭐."

고등학교 다닐 때 툭하면 입에 달고 산 말이었습니다. 느슨해질 때, 실패라는 불안이 저를 압박할 때, 재수는 마지막 위안이 되는 도피처 였습니다. 한 번쯤 실패해도 괜찮다는 안전핀이 바로 재수였습니다. 고 3이면 다들 싫어하고, 피하고 싶어 하는 재수가 저에게는 위로가 되었 습니다. 다시 고등학생으로 돌아가면 절대 그런 생각은 안 할 겁니다. 또 실패할지도 모른다는 걱정은 고등학교 다닐 때보다 지금이 훨씬 무 섭습니다. 열심히 공부하다가도 느닷없이 불안이 찾아옵니다. 억지로 라도 불안을 잊으면 공부가 잘되지만, 망각을 뚫고 불안이 살아나면 불면증에 빠질 만큼 괴롭습니다.

기숙학원에 다니기 시작하면서 처음에는 아무 때나 찾아오는 불안감 때문에 미쳐버리는 줄 알았습니다. 신경정신과라도 찾아가고 싶었습니다. 보건실도 자주 들락거렸지만, 효과는 없었습니다. 그때 제가 의지했던 사람이 문수였습니다. 선생님들이 제가 나아갈 길을 알려주었다면, 문수는 제가 뒤처지지 않고 그 길을 걷도록 힘을 주었습니다. 제가 부족하지만, 방황도 했지만, 그나마 이 정도까지 지낸 데는 문수 덕이 큽니다.

"넌, 불안하지 않냐?"

당당하고 자신감이 넘치는 문수가 부러워 이렇게 물어본 적이 있습니다.

"재수하는데 나라고 안 불안하겠냐."

"내 눈엔 전혀 그렇게 안 보이는데."

"아닌 척하는 거지."

"나는 그게 잘 안 돼. 이번에 또 실패하면, 휴~. 실망하실 부모님을 떠올리면 미치겠어. 비싼 학원비를 달마다 꼬박꼬박 내기에는 넉넉하지도 않은 가정형편인데……."

"부모님 걱정은 안 해도 된다고 내가 몇 번이나 말했잖아."

"그게 되냐?"

"막말 같지만, 그분들은 그분들 나름 투자하는 거고 당신들 선택이야. 네가 거기에 부채 의식을 느낄 이유는 없어."

"너는 참 속 편하게 말한다."

"안 그러면 어쩔 건데? 그 부담감 잔뜩 짊어지고 공부하면 공부가 더 잘 되겠냐?"

"미안해서라도 열심히 해야지."

"부담 때문에 괴로워하면 공부도 잘 안 돼."

"쌤들은 안 그러잖아. 끊임없이 부담감을 심어주면서 이렇게 해라, 저렇게 해라! 맞는 방향인지는 알겠는데 못 따라하겠어."

"너는 쌤들이 교주로 보이냐?"

"갑자기 웬 교주?"

"쌤들이 지시하는 방법을 무조건 다 하려고 하는 꼴이 작은 교리도 어기지 않으려고 발버둥 치는 열혈 신도 같아서."

"그래도 쌤들이 잘 알잖아. 우리보다는……."

"지식은 그렇지만 공부법은 사람마다 다르잖아. 쌤들이 알려주는 방법 가운데 네가 끌리는 방법만 골라서 선택해. 사람이 다 다른데 어떻게 모두가 같은 방법으로 효과를 보겠냐? 그랬으면 작년에 이 재수학원에 다녔던 모두가 다 최상위권 대학에 합격했어야지. 그런데 안 그랬잖아."

"그래도 엄청나게 잘 보냈던데."

"그거야 학원이 유명하니까 공부 잘하는 우등생들이 많이 와서 그렇지. 그런 걸 선발효과라고 한다고."

"넌 참 아는 것도 많다."

"불안에 떤다고 해결될 일도 없잖아."

"그건 그래."

"걱정한다고 달리 뾰족한 수도 없고."

"그치."

"그 시간에 단어 하나라도 더 외워. 아니면 농구를 하거나 헬스를 하고. 그것도 아니면 따뜻한 물로 샤워라도 해. 돈 많이 냈는데 빵빵하게 써 줘야지. 안 그래?"

"저녁 먹고 선우랑 농구하러 갈 거냐?"

"그래야지."

"나도 끼어도 돼?"

"농구하는데 무슨 허락이냐, 허락이! 너도 똑같이 이 기숙학원에 돈 바쳤으니 농구장은 네 거야."

문수가 딱히 해결책을 제시해주지는 않았습니다. 그렇지만 문수와 이야기를 나누고 나면 무거움이 덜어져서 공부에 집중할 힘이 생겼습니다. 제 삶을 좀먹는 불안이 사라지지는 않았지만 옅어졌습니다.

그랬던 문수였는데 무슨 계기인지 모르지만 갑자기 변해버렸습니다. 제 얘기를 잘 들어주던 문수가 조금씩 귀찮은 기색을 내비치더니 나중에는 저에게 심한 말도 했습니다.

"넌 아직도 네가 고등학생인 줄 아냐? 너는 재수생이야! 다른 말로 해줄까? 너는 백수야. 소속도 지위도 아무것도 없는 백수! 부모 등골 빼먹고 지내면 조금이라도 책임감 있게 행동해."

꼭 이성식 선생에게 야단맞는 기분이었습니다. 그 뒤로는 문수 눈치가 보여서 다시는 힘들다는 말을 안 했습니다.

같이 생활하던 시연이가 나가고 연규가 들어왔는데 참 반가웠습니다. 연규에게서 옛날 문수와 같은 분위기가 풍겼기 때문입니다. 연규는 옛날 문수처럼 자유분방했고, 자기식대로 생활했습니다. 선생님들 지시도 자기 입맛에 맞는 것만 따랐습니다. 확고한 자기 신념이 멋져 보였습니다. 자연스럽게 끌렸고, 가까이 지내고 싶었습니다. 무엇보다 저에게는 의지할 사람이 필요했습니다. 불면증이 다시 심해졌거든요. 이제껏 아무에게도 불면증에 시달린다는 것을 털어놓지 않았습니다. 자려고 누우면 수많은 걱정과 불안이 밀고 들어옵니다. 밤에 잠을 잘 자지 못하니 낮에 공부할 때 악영향을 끼칩니다. 제 불안을 내보내고, 달래 줄 힘을 연규에게서 얻고 싶었습니다. 잠깐은 그리되었습니다. 연규는 기꺼이 제 고민을 들어주었습니다. 연규 덕분에 답답한 숨통이 트였습니다. 그러나 연규는 문수와 달랐습니다.

"토요일에 집중학습을 했는데, 내 약점을 보완해야 한다면서 선생님이 300문제나 줬어."

"300문제? 언제까지 풀어야 하는데?"

"이번 주 토요일."

"사흘 남았잖아. 지금까지 몇 문제나 풀었는데?"

"100문제쯤."

"풀면 되겠네."

"갈수록 어려워져. 100문제도 겨우 풀었어."

"그럼 되는 데까지만 해."

"그게 되냐, 선생님이 시켰는데."

"네가 뭐 초딩이냐? 쌤이 시킨다고 다 하게."

"그래도 해야지. 선생님이 나를 위해서 특별히 문제를 뽑아줬는데."

"그거 다 학원 데이터베이스에 있는 문제들에서 알고리즘 넣고 뽑은 거야. 이 학원이 그런 데이터는 엄청나잖아."

"안 하면……, 선생님이 가만 안 둘 텐데."

"가만 안 두면……. 뭐 쫓아낸대?"

"그건 아니지만."

"그럼 뭐가 걱정이야. 그냥 잔소리 좀 듣고, 너 그래서 목표한 대학 가겠냐는 협박 좀 받으면 끝이지."

"너는 참 속 편하다."

"신경 꺼! 그럼 괜찮아."

연규는 늘 이런 식이었습니다. 대화를 나누고 나면 제가 더 부족한 사람처럼 느껴졌습니다. 선생님들이 하라는 대로도 못 하고, 연규처럼도 못 하는 패배자가 저였으니까요. 그래도 힘들 때 대화를 나눌 상대가 연규밖에 없고, 제 말을 잘 들어주었기 때문에 연규에게 고민을 털어놓게 되었습니다. 그렇다고 딱히 좋지는 않았습니다.

재오는 인간 같지 않습니다. 이건 무시가 아니라 존경한다는 뜻입니다. 저는 도저히 재오처럼 못 하니까요. 재오는 들어왔을 때부터 미친

듯이 공부했습니다. 선생님이 하라는 대로 다 했습니다. 철두철미했지요. 이성식 선생님이 늘 강조하는 '수능 날, 수능 문제를 푸는 프로그램'처럼 돼라고 하는 요구에 가장 충실한 학생이었습니다. 아시겠지만 재오가 무엇을 하는지를 보면 그 시간이 언제인지 알아차릴 정도였습니다. 쿨롱폭발에 당한 시간이 정확히 아침 7시30분이었죠? 사건을 전해 들었을 때 바로 어림했습니다. 그 시간이면 재오는 늘 단순 암기할 내용을 적은 종이를 반복해서 읽으면서 발포비타민을 녹인 물을 마셨으니까요.

최근에는 재오가 조금 인간 같아지긴 했습니다. 가끔 한숨도 쉬고, 집중하지 못하고 멍하니 먼 데를 바라보기도 하고, 학원에서 시키는 대로만 하지 않고 자기식대로 생활을 바꾸기도 했습니다. 재오라면 수능을 보는 그날까지 흔들림 없이 달릴 줄 알았는데 흔들리다니, 재오도 어쩔 수 없는 사람이었습니다. 저처럼 의지박약인 사람에게는 큰 위안이 되었습니다. 재오는 전에 없던 짜증도 늘었습니다. 까닭 없이 저한테 짜증을 내면 귀찮긴 했지만, 인간미가 느껴져 좋았습니다.

사고가 나기 2주일 전쯤으로 기억합니다. 저녁을 먹은 뒤 잠깐 산책을 하고 생활관으로 돌아왔는데, 여느 때 같으면 자투리 시간을 활용한 암기에 몰두할 재오가 멍하니 앉아서 창문만 바라보고 있는 겁니다. 선생님들이 알려준 것 가운데, 외우기 힘든 지식은 깔끔하게 정리해서 자투리 시간에 반복해서 보라는 공부법이 있습니다. 저는 며칠 해보다가 포기했는데, 재오는 처음부터 끈질기게 해왔습니다. 그랬던 재오가 정신을 놓은 모습을 보니 인간미가 느껴졌습니다.

"웬일이냐? 네가 멍때리기도 하고."

낯선 모습이라 그렇게 물었는데, 재오가 버럭 소리를 질렀습니다.

"야!"

갑자기 화를 내서 당황했습니다. 재오가 그런 적은 없었기 때문입니다.

재오는 저와는 결이 다른 학생이라 위아래 침대를 쓰면서도 부딪칠 일이 없었습니다. 재오는 애초부터 저에게 별 관심이 없었습니다. 저에게 잔소리를 해대는 유일한 문제는 화장실 사용입니다. 같은 화장실을 쓰고, 저와 달리 재오가 워낙 깔끔하거든요. 화장실을 빼면 재오는 저에게 무관심했습니다. 재오는 감각도 꽤 무디다는 거 아세요? 아, 아신다고요? 아무튼 재오는 결벽증처럼 보이면서도 무딘, 묘한 녀석이었습니다.

소리를 지르고는 저를 잡아먹을 듯이 노려봤습니다.

"지금 나 비꼬냐?"

비꼬지 않았습니다. 비꼬려는 의도는 1픽셀만큼도 없었습니다.

"아니, 그냥 낯설어서……."

"왜? 나는 창문을 봐도 안 돼? 너는 툭하면 멍하니 천장 쳐다보고, 먼 산 바라보면서 나는 그러면 안 되냐고?"

"그게 아니잖아."

"그게 아니긴 뭐가 아니야, 짜증 나게. 지는 힘든 척, 약한 척 열나 하면서.”

“지금 나 무시하는 거냐?”

“무시하면 어쩔 건데? 맨날 약한 척, 괴로운 척하잖아. 왜? 사실대로 말하니 찔려?”

한판 말싸움을 벌이려다 그만두었습니다. 재오가 하는 꼴을 보아하니 안 건드리는 게 낫겠다 싶었습니다. 저는 바로 생활관을 나왔습니다. 그 뒤로도 재오는 두어 번 뜬금없이 화를 냈습니다. 그때마다 조금 다퉜지만, 그 정도로 재오에게 증오심을 품지는 않았습니다. 저는 제 인생을 감당하기에도 벅찬 사람입니다. 다른 사람 인생을 어떻게 하면 망가뜨릴지 연구하고, 실행하는 데 쓸 에너지는 없습니다.

자꾸 민아를 거론하시는데……. 인정합니다. 저는 민아를 좋아합니다. 숨기려고 했지만 알 만한 애들은 다 압니다. 민아가 문수와 사귈 때부터 민아를 좋아했습니다. 민아가 문수와 깨졌을 때 얼마나 기뻤는지 모릅니다. 물론 드러내놓고 좋은 티를 내지는 않았습니다. 형사님께서는 제가 민아 때문에 재오와 문수를 다치게 하지 않았냐고 하시는데, 절대 아닙니다. 민아가 문수를 원망하고, 재오를 미워하는 말을 한 적은 있습니다. 민아와 가까운 애들은 다 아는 사실입니다. 특별히 민아가 저에게만 둘을 향한 복수심을 드러낸 적도 없고, 은근히 저를 조종한 적도 없습니다. 차라리 민아가 저에게 그런 말이라도 했다면 좋겠습니다. 민아는 저를 밀쳐내지는 않았지만, 곁을 내주지도 않았습니다. 다가가지는 못한 채 애타게 바라만 보는 해바라기, 그게 저였습니다. 지금도 그렇고.

그날 저녁, 자습실에서 왜 그랬냐고요? 사건을 꾸며놓고 긴장해서 그런 게 아니냐고요? 그게 의심받을 행동이라고 오해를 받을 줄은 상상도 못 했네요. 하······ 참! 이왕 이렇게 됐으니 솔직하게 말씀드리겠습니다.

그날 서명을 받으러 온 선우가 나간 뒤였습니다. 나가기 전에 선우가 문수와 심하게 다퉜냐고요? 그런 것까지 다 알아내다니, 대단하시네요. 둘이 심하게 다툰 뒤라 생활관 분위기가 어수선했습니다.

문수가 저를 화장실로 따로 불렀습니다.

"민아 얘긴데."

문수가 저한테 민아 얘기를 한 적은 없기에 잔뜩 경계했습니다.

"뭐?"

"자꾸 나한테 집착해. 따로 만나자고 하고."

자랑하는 건지, 귀찮다는 건지 헷갈렸습니다. 어쨌든 기분이 나빴습니다.

"너도 알다시피 나는 연애할 생각이 없어."

"그래서?"

"너, 민아 좋아하지?"

"······."

"선우 그 새끼도 민아 좋아하고."

"……."

무슨 의도로 그런 말을 꺼내는지 종잡을 수 없어서 입을 꾹 다물고 듣기만 했습니다.

"그렇게 차단했는데도 민아가 나한테 미련을 못 버리는 이유가 뭘까 생각해 봤는데, 아무래도 너랑 선우 때문인 것 같아서."

"그게 왜 나랑 선우 때문이야?"

"옆에서 치근대는 남자들이 끊이지 않으니까 자기가 잘난 줄 알고, 누구와도 사귈 수 있다고 자만하는 거잖아. 안 그래?"

"……."

어처구니가 없어서 말이 안 나왔습니다.

"앞으로 민아 때문에 더는 시간 낭비하고 싶지 않아. 그러니까 너부터 확실히 해. 네가 민아를 좋아하든 말든 상관 안 하려고 했는데, 너 때문에 민아가 헛바람이 들고, 그 악영향이 나에게까지 오잖아."

"그래서 뭘 어쩌라는 거야?"

"아직도 독해가 안 되냐?"

"뭐?"

"이제 민아한테 바람 집어넣는 짓 좀 그만하라고. 입시 전쟁터에서 연애는 사치가 아니라 범죄야. 집안 사정도 그리 넉넉지 않다고 칭얼거렸으면서 연애를 하고 싶냐?"

믿고 고민을 털어놓았었는데, 그걸 이런 데서 이용하다니……. 배신감에 치를 떨었지만, 한편으로는 쫄렸습니다. 가정형편이 넉넉지 않은 게 제 현실이니까요.

"내가 좋아하든 말든 뭔 상관이야?"

"나한테 악영향이 온다고 말했잖아?"

"그건 네 사정이고."

"그렇게 좋아하면 눈치 그만 보고 확 고백해버리든가. 이도 저도 아니고 도대체 뭔데?"

"……."

"왜? 용기가 없어? 그럼 내가 도와줘? '동훈이가 입시 실패도 감수할 만큼 널 좋아한다' 하고 민아한테 말이라도 해줄까?"

그 순간, '그래 주면 고맙지' 하고 말할 뻔했습니다. 쪽팔리지만 사실입니다. 물론 그랬다면 제 꼴이 우스워졌겠죠.

"확실하게 고백을 하려면 하고, 아니면 치근거리는 짓 좀 그만해. 고백하고 싶은데 어떻게 해야 할지 모르겠으면 나한테 가르쳐달라고 해. 민아가 어떤 취향인지 공짜로 과외공부를 해줄 테니까."

그러고는 문수는 화장실을 나갔습니다.

화가 나지 않았냐고요? 물론 문수에게 화가 났습니다. 화가 나지 않았다면 거짓말이죠. 그것 때문에 그 짓을 저지르는데 더 확신이 생기지 않았냐고요? 아뇨. 그렇지 않습니다. 전혀 그렇지 않아요. 솔직하게 말해서, 무척 쪽팔리지만, 문수 제안이 솔깃했습니다. 그만두라는 제안 말고, 고백하라는 제안 말입니다. 저도 더는 질질 끌려다니고 싶지 않았습니다. 좋아하는 내색도 제대로 못 하고, 민아 둘레를 빙빙 맴돌

기만 하는 제 꼬락서니는 제가 봐도 한심했거든요. 만약 민아를 잘 아는 문수가 민아 취향을 자세히 알려주면 고백에 성공할 확률이 높아질 거라고 기대했습니다. 부끄럽지만 그런 기대를 했습니다.

물론 문수 본뜻은 민아 주변에 더는 얼쩡거리지 말라는 거겠지만, 저로서는 문수가 홧김에 내뱉은 제안을 마다할 이유가 없었습니다. 혼자서 더 길게 고민해보고 싶었지만, 간식을 받으러 가야 해서 생각을 이어가지 못했습니다. 간식을 받고 와서 계속 고민했습니다. 자습하면서도 고민했습니다. 경험해보셨는지 모르겠지만, 성공 확률이 낮은 고백을 할지 말지 결정하기는 쉽지 않으니까요.

자습실에서 제가 전날보다 심하게 집중을 못 한 까닭이 바로 이 고민 때문이었습니다. 결론을 내리지 못한 채 그 사고가 터졌고, 재오마저 그렇게 되어버리는 바람에 하나 마나 한 고민이 되고 말았지만…….

재오가 그 일을 당했을 때 저는 운동장에 있었습니다. 심란해서 방에 머물기 싫었습니다. 운동장을 산책하는데 구급대가 출동해서 깜짝 놀랐습니다. 사건 현장에서 일부러 멀리 떨어지려는 의도가 아니었냐고요? 그렇지 않습니다. 절대 그렇지 않습니다. 전 그냥 마음이 싱숭생숭해서 가방을 챙겨서 미리 나왔을 뿐입니다.

휴~! 여러 가지 정황으로 볼 때 제가 의심받을 만한 처지인 줄은 압니다. 그렇지만 저는 안 했습니다. 저는 억울합니다. 이런 잔인한 짓을 저지른 범인으로 제가 의심받는 상황이 처참합니다. 안 그래도 온갖 걱정과 불안으로 괴로운데, 범인으로 의심까지 받다니, 미치겠습니다. 혹시라도 제가 범인으로 몰려 재판을 받게 된다면……, 혹시라도 유죄를 받아 감옥에라도 갇힌다면……, 상상만 해도 무섭습니다.

불안한 영혼을 위한 변론

_홍구산

"어떻게 생각해?"

긴 이야기를 마치고 김동연 형사가 물었다.

다음 이야기를 기다리던 나는 어안이 벙벙해졌다. 꼭 언급해야 할 한 명이 남았기 때문이다.

"한 명이 빠졌는데요."

"누구?"

"사건 중심에 선 여사요. 조사 안 하셨어요?"

"아, 민아! 했지."

"어땠나요?"

"아무것도."

"의심받을 만한 정황이나 증거가 없단 말인가요?"

"어떻게 의심을 안 했겠어. 사랑과 이별, 집착과 질투는 치정 관계에 빠지지 않고 등장하는 공식이잖아."

"드라마 단골 소재죠."

슬비가 덧붙였다.

"안 그래도 내가 '사랑이 집착으로, 집착이 증오로, 증오가 범죄로 이어지기 쉽다'고 했더니, '형사님은 삼류 저질 드라마를 좋아하나 봐요' 하면서 민아가 나를 비웃더라."

"성격이 보이네요."

"참고인이나 용의자들 진술을 듣고 어림했던 됨됨이와 너무 달라서 당황했다니까. 대답하는 내내 감정 변화도 없고, 의심받을 만한 정황이나 사실은 전혀 드러내지 않았어. 다른 용의자들은 자기에게 불리한 내용도 술술 털어놨는데, 민아만은 예외였지."

"철두철미하네요."

"만 열아홉 살에 그 정도라니……, 놀랐어. 잠깐! 생각해 보니 딱 한 번 감정이 흐트러지긴 했네. 다른 진술자들에 견주면 흐트러진 것도 아니지만 침착함과 냉정함이 흔들리던 때가 있기는 했어."

나는 얼추 어림이 갔지만 아는 척하지는 않았다. 아마 재오라는 사람에 관해 말할 때일 것이다. 사람은 직면하기보다는 핑계를 찾으려는 경향이 강하다. 증오를 품은 사수(射手)는 직면하기 버거운 핵심보다는 손쉬운 먹잇감을 과녁으로 삼아 화살을 날린다.

형사 재오를 왜 싫어해요?

민아 문수를 바꿔놓았으니까요.

형사 문수는 재오가 아니라 이성식 선생님에게 영향을 더 많이 받지
      않았나요?

민아 기숙학원에 들어가기 전에 선배들이 인터넷에 남긴 후기를 읽
      었는데, 나중에 경험해 보니 이성식 선생님은 똑같았어요. 작년
      에도, 올해 초에도, 문수가 변했을 때도, 지금도 이성식 선생님
      은 변함이 없어요. 이성식 선생님에게 저항하던 문수가 왜 변했
      겠어요? 다른 애들은 몰라요. 아무도 몰라요. 그러나 저는 알아
      요. 재오 때문이에요. 재오 때문에 문수가 변했어요.

형사 그렇게 확신하는 이유가 뭐죠?

민아 딱히 근거는 없어요. 여자친구의 직감이죠.

형사 직감이라, 직감은 근거가 되지 않아요.

민아 굳이 근거를 대자면 이거에요. 조사받은 애들은 전부 문수와 재
      오 사이가 초기에는 안 좋았다고 했죠?

형사 맞아요. 다들 그렇게 진술했어요.

민아 그렇지 않아요. 문수는 재오를 싫어하면서도 부러워했어요. 그
      건 저만 눈치를 챘죠. 언뜻언뜻 그런 감정을 내비쳤어요. 문수
      는 자기 고집대로 하면서도 재오가 학원에서 시키는 방식대로

해서 어느 정도 성취를 이루는지 주목했어요. 재오는 단 두 달 만에 놀라운 성취를 이루었고, 문수에게 그건 대단한 자극이 됐을 거예요.

형사　확신하더니 마지막에는 어림을 하네요?

민아　그때는 문수와 멀어졌고, 속내를 엿볼 기회가 없었으니까요.

형사　5월까지 문수와 지내다 나간 시연이 말로는 4월 어느 토요일에 집단학습을 하면서 특별한 경험을 했고, 그다음 날 이성식 선생과 면담을 하고 돌변했다고 하던데.

민아　그래요? 그건 몰랐네요. 그렇지만 오직 그 일을 계기로 일어난 변화는 아니라고 확신해요. 물이 100도에서 끓었다고, 그 순간에 가해진 열만 물을 끓게 한 원인이라고 하면 안 되죠. 시연이는 물이 끓어 넘치는 순간을 목격했을 뿐이에요.

형사　그 말이 맞다면 특별히 재오를 미워할 이유가 없는 듯한데…….

민아　아뇨! 문수는 문수답게 살았어요. 그걸 잃어버리게 만든 놈이 재오라고요. 그 사실은 절대 변하지 않아요. 그 자식 때문에 문수가 이상하게 변해버렸어요. 정말 멋진 남자였는데 재오 때문에 망가졌다고요.

"그때 꽤나 강하게 반응했어. 그때 변호사가 급하게 제지하지 않았다면 분노를 더 강하게 쏟아냈을지도 몰라."

"뭔가 사건을 풀 중요한 단서를 잡았다고 확신하셨겠네요."

"맞아. 이때다 싶어서 더 파고들었는데, 다시는 그런 감정을 내비치지 않았어. 아무리 캐물어도 무미건조하게 사실만 대답했어. 이미 다 아는 것들만."

"자신이 배후로 강력하게 의심을 받는다는 사실은 알던가요?"

"당연히 알지. 문수와 관계도 그렇지만 범행과 관련된 지식을 모두 알고 있었거든. 민아는 정혜와 친해서 아나필락시스나 에피네프린 주사기에 대해 잘 알았어. 화학 지식도 풍부하고. 고등학교 생활기록부를 확인해보니 소듐을 이용한 쿨롱폭발 실험도 동아리에서 했다는 기록이 나와."

"강력한 근거네요."

"그렇지만 그게 끝이야. 아무리 조사를 해도 증거가 없어. 증언도 없고."

"사건이 벌어진 순간마다 간호사를 불러들인 건 뭐라고 하던가요?"

"우연이라고 했어. 그냥 다 우연이라고. 자신은 아팠고, 괴로워서 간호사를 불렀대. 그 학원에서 흔히 있는 일상 가운데 하나라고."

김동연 형사는 답답한지 얼음물을 달라고 하더니 벌컥벌컥 들이켰다.

"용의자는 좁혀졌는데 특정하지 못하니 막막하겠네요."

"재수생이라 여러 번씩 불러서 조사하기도 어려워. 학원이 잘 협조해주지도 않고."

"모기업이 프리덤건설이잖아요. 만만치 않을 거예요."

슬비가 납치당했을 때 경험했던 프리덤건설은 악독하기 그지없었다. 이익을 위해서는 사람 목숨으로도 흥정하는 무서운 집단이었다. 프리덤건설이 투자해서 만든 학원이니 그 습성이 어디 가지는 않았을 것이다.

"너는 어때? 감이 잡혀?"

"바로 듣고 어떻게 알겠어요. 오랫동안 직접 조사한 형사님도 모르는데."

"넌 천재잖아."

"에이, 전 아직 아마추어예요. 그때는 운이 좋았죠."

납치된 슬비를 구한 사건 뒤로 김동연 형사는 나를 특별하게 여겼다. 김동연 형사는 청소년 범죄를 담당하는데, 툭하면 나에게 연락해서 도움을 요청했다. 그럴 때마다 나는 내 인맥과 능력을 동원해 도움을 주었다.

"피해자 가족들은 왜 아직 범인을 못 잡느냐고 성화고, 용의자 가족들은 이러다 수능 망치면 어쩔 거냐면서 따지고, 윗분들은 틈날 때마다 쪼고, 확실한 증거는 하나도 없고, 미치겠다!"

김동연 형사가 얼음을 아작아작 씹어 먹었다. 시원한 얼음이 답답한 속을 조금이라도 달래주길 바랐다.

세 용의자는 범행을 저지를 기회와 동기가 다 있었다. 학생들 진술과 학원 내에서 발견한 증거로는 범인이 누군지 특정하기 어려웠다. 주사기와 바꿔치기 된 보드마카는 203호에서 쓰던 것으로 보이지만, 재오 지문만 나오고 다른 지문은 일절 없었다. 에피네프린 주사기에서는 연규 지문만 나왔고, 노란 뚜껑은 어디서도 발견되지 않았다. 경찰은 2박 3일 휴가 동안 용의자들 행적을 샅샅이 뒤졌지만, 아무것도 찾아내지 못했다.

민아는 핵심 용의자였다. 범행을 할 만한 동기도 가장 강력해 보일 뿐 아니라 고등학생 때 소듐으로 쿨롱폭발 실험을 했다는 기록까지 나왔기 때문이다. 경찰은 혹시 몰라 용의자 주변 인물들까지 모조리 조사했는데, 소듐과 관련한 행적이 발견된 사람은 민아가 유일했다. 학생 때 실험을 하고 남은 소듐을 민아가 챙겼을 가능성은 충분히 있었다. 그러나 경찰은 민아가 메밀을 구한 증거를 찾아내지 못했다. 집도 조사하고, 2박 3일 동안 이동한 경로를 모조리 뒤졌지만 아무것도 나오지 않았다. 혹시나 재오가 가진 플라스틱 약통에 민아가 몰래 약을 넣었는지 확인하려고 CCTV를 샅샅이 뒤지고, 목격자를 찾았지만 아무런 증거도 나오지 않았다. 민아가 다른 사람을 통해 소듐을 전달했다는 흔적도 발견되지 않았다.

"얼음물 더 드려요?"

슬비가 김동연 형사에게 친절하게 물었다.

"그래 주면 고맙고."

슬비가 얼음물을 챙겨왔다. 얼음물에 거품이 이는데, 옅은 초록빛이었다.

"이게 뭐야?"

내가 물었다.

소년 프로파일러와 기숙학원 테러사건

"발포비타민을 넣었어. 발포비타민이 사건에 나오니, 마시다 보면 뭔가 다른 발상이 떠오르지 않을까 해서."

급한 길을 가는 나그네에게 나뭇잎을 띄운 물바가지를 줬다는 설화가 떠올랐다.

"네가 맨날 나한테 말했잖아."

슬비가 말했다.

"……?"

"범죄 동기는 대부분 탐욕, 질투, 분노 가운데 하나라고."

"너는 민아를 의심하는구나."

"그렇지 않겠어? 괜히 드라마나 영화에서 사랑과 질투에 얽힌 복수극이 많은 게 아니잖아. 세상에 흔하니까 그렇겠지."

나는 고개를 끄덕였다.

발포비타민이 시원하게 녹은 물을 마시며 생각을 정리했다. 먼저 김동연 형사에게 전해 들은 이야기를 떠올리며 관련한 인물들을 한 명씩 떠올렸다. 얼굴을 본 적은 없지만, 진술과 증언을 토대로 겉모습을 그려보았다. 그리고는 서로 얽히고설킨 관계를 연결해보았다. 관계망을 이리저리 엮어가면서 상상으로 관계도를 그렸다. 감정과 친밀도, 복수심 등을 근거로 관계를 연결했는데 아무리 그려도 깔끔하지 않았다. 이 사람 저 사람 바꿔가며 관계도를 그리다 한 인물을 가운데 두었더니 깔끔한 입체도형이 나타났다. 그 입체도형은 피라미드였다.

한 인물을 중심에 두고 사각형을 그린다. 사각형 꼭짓점마다 한 명씩 위치한다. 사각형 중심에서 수직 방향으로 위로 올라가면 피라미드 꼭짓점이다. 그 꼭짓점에 한 인물을 놓는다. 피라미드 바깥에는 스핑크스가 있다. 스핑크스는 민아다. 민아를 스핑크스 위치에 놓자 모든 게 선명해진다. 민아는 범인이 아니다. 그럼 범인은 누구인가?

'설마……'

그럴 리 없다. 말이 안 된다. 내가 내린 결론에 내가 당황했다. 그렇지만 입체도형은 그 사람을 가리켰다. 그 사람 말고는 없었다.

"너, 뭔가 감을 잡았지?"

슬비는 눈치가 빠르다.

"그렇긴 한데……, 확신이 없어."

말이 안 되는 결론이었기에 자신이 없었다.

"뭔데? 뭐야?"

김동연 형사가 바짝 다가들었다.

"전혀 예상 밖이라……."

"어차피 수사가 벽에 부딪혀 막막한 상태야. 지금은 뭐든 새로운 발상이 필요해."

타당한 지적이었다.

"좋아요. 일단 제 생각을 말할게요. 다만 장담하지는 못하겠어요. 어디까지나 가능성 중 하나니까."

김동연 형사가 자세를 고쳐 앉더니, 필기구와 수첩을 챙겼다.

"제가 내린 결론에 따르면, 일단 민아는 범인이 아니에요."

"나는 민아를 강하게 의심하는데, 너는 강력한 용의자부터 제외하는구나."

김동연 형사가 얼굴을 찡그렸다.

"물론 동기는 강력해요. 제가 의심하는 그 사람보다 훨씬 더! 억울함에 모멸감과 분노까지 더해졌으니 감정으로만 보면 곧 터질 화산이나 마찬가지죠. 어쩌면 앙갚음할 기회를 노리고 있었을지도 몰라요. 그렇지만 이 사건은 아니에요."

"그렇게 확신하는 이유는?"

"범죄를 입증하려면 동기와 방법을 찾아내야 해요. 민아가 범인이라면 동기뿐 아니라 방법도 명확해져야 해요. 민아가 이번 사건에 개입할 방법은 둘 중 하나죠. 공모하거나 은근히 조장하거나!"

"나도 그 두 가능성을 두고 수사했어."

"기묘하게도 문수와 재오가 공격당한 그 시점에 민아는 간호사를 자기 생활관으로 끌어들여서 긴 시간을 같이 보냈어요. 그로 인해 간호사가 현장으로 늦게 갔고, 문수와 재오에게는 나쁜 영향을 끼쳤죠. 간호사 증언에 따르면 민아 몸이 딱히 아파 보이지는 않았다고 했어요. 이게 공모한 증거라면 민아와 공범은 시간까지 함께 정했다는 말이 돼요."

"당연하지."

"당연하다고요? 도리어 이상하지 않아요?"

김동연 형사는 고개를 갸웃거렸다.

"내가 공범이라고 대놓고 알리는 짓이네. 간호사를 붙잡아서 얻을 이득도 별로 없고."

슬비는 곧바로 이해했다.

"민아는 초기에 아나필락시스와 관련해 교육을 받았어요. 같은 반에 정혜가 있어서 누구보다 아나필락시스와 에피네프린 주사기에 대해 잘 알아요. 문수 주사기를 훔쳐내서 문수가 고통을 받게 만드는 것까지는 좋아요. 범죄 의도에 맞죠. 그렇지만 어차피 보건실에 주사기가 또 있어요. 민아가 그걸 모를 리 없죠. 보건실 주사기는 빼내기 어려워요. CCTV로 가장 철저히 감시하는 곳이 보건실이니까요. 그렇다면 간호사를 자기 방에 붙잡아서 얻을 이득은 길어봐야 4~5분이에요. 그 4~5분이 자신이 원하는 만큼 문수에게 치명타를 가할까요? 제가 의학 지식이 없어서 그 시간이 얼마나 위협이 되는지는 모르겠어요. 그렇지만 겨우 4~5분 이득을 얻으려고 공범으로 의심받는 상황을 연출할 모험을 하기는 쉽지 않아요."

"가능성은 있지."

김동연 형사가 의문을 제기했다.

"그럼요. 가능성은 있죠. 제 말은 가능성이 낮다는 것이지 없다는 뜻은 아니에요. 그런데 문제는 메밀이 적은 양이었다는 점이에요."

"그게 왜 문제지?"

"의학 지식은 없지만, 상식으로 판단해 보자고요. 만약 4~5분을 지연시켜서 치명타를 입히려는 의도였다면 메밀을 최대한 많이 넣지 않앉을까요?"

"그건 타당한 지적이야. 그리고 보고서를 봤는데 문수가 노출된 메밀은 아주 적은 양이었어. 물론 미량이어도 아나필락시스를 일으키기에는 충분했고. 만약 응급조치를 제대로 안 취했다면 목숨이 위험했을 거야."

김동연 형사가 전해준 정보가 내 추론에 확신을 더해주었다.

"그게 도리어 민아가 범인일 가능성을 높이는 건 아닐까?"

슬비가 의문을 제기했다.

"문수를 좋아하는 마음이 남아 있었기에 치명타를 가하기는 싫었던 걸 수도 있잖아."

"타당한 반론이야."

나는 슬비 의견에 동의했다.

"그런데 그 추론이 맞다면 민아가 시간을 끌었다는 가정에 모순이 생겨. 민아가 간호사를 붙잡아서 시간을 끌면 끌수록 문수가 위험해지니까."

"그렇긴 하네."

슬비가 동의했다.

"주사기를 바꿔치기했다는 것은 문수에게 치명타를 가하기 위함인데, 메밀은 미량을 넣었어. 아무튼 뭔가 앞뒤가 안 맞아."

김동연 형사가 수첩에 뭔가를 적바림했다.

"민아가 일부러 간호사를 붙잡지 않았다는 점은 인정! 그다음은?"

김동연 형사가 물었다.

"민아가 공모하려면 선우 아니면 동훈이에요."

"당연히 그랬겠지. 그래서 공모한 흔적이 있는지 찾으려고 CCTV를 샅샅이 뒤지고, 많은 학생을 조사했어."

증거는 나오지 않았다. 공모한 흔적이 조금이라도 나왔다면 내가 김동연 형사에게 이 사건에 대해 전해 들을 기회도 없었을 것이다.

"먼저 동훈이와 공모했다고 가정해 보죠. 범행 공모 시점은 2박 3일 휴가 직전이거나, 휴가 기간일 거예요. 공모 시점부터 사고 발생 시까지 보름이 조금 넘네요. 이쯤에서 우리는 민아가 동훈과 공모를 했다면 그게 무슨 뜻인지 생각해봐야 해요. 민아는 단순히 동훈이를 범죄에 이용하려는 속셈일지도 모르지만, 동훈이 처지에서는 달라요. 동훈이로서는 민아가 자신에게 특별한 존재가 되었다고 믿을 거예요. 그런데 동훈이가 한 증언을 들어보면 그렇지 않아요. 사건 당일 화장실에서 문수와 나눈 대화를 생각해보세요. 문수가 '동훈이가 입시 실패도 감수할 만큼 널 좋아한다고 민아한테 말이라도 해줄까?' 하고 말했더니, 동훈이는 '그래 주면 고맙지' 하고 말할 뻔했다고 했어요. 또한 '고백하는 방법을 모르겠으면 민아가 어떤 취향인지 공짜로 과외공부를 해주겠다'는 제안에 솔깃해서 흔들렸어요. 문수 본뜻을 알면서도 흔들린 동훈! 민아와 공모한 동훈! 이 둘은 모순관계라 공존할 수 없어요."

"아, 그러네."

김동연 형사가 탄식했다.

"공모란 동훈에게는 나중에 사귈 거라는 보증수표나 마찬가지니, 문수에게 그런 반응을 보였을 리 없지."

김동연 형사는 빠르게 손을 놀렸다. 수첩에 적바림한 글이 가득했다.

"선우도 공모가 아니에요. 선우는 수능 끝나고 민아에게 고백하겠다고 했어요. 그 말은 지금은 공부에 집중하겠다는 뜻이고, 민아와는 느슨하면서도 친근한 관계를 유지하겠다는 뜻이에요. 선우 성격을 봤을 때 둘이 공모를 했다면 그건 그 어떤 관계보다 친밀한 사이가 된 거라고 봐야죠. 물론 선우가 둘 관계를 속이기 위해 수능이 끝나면 고백하겠다고 일부러 거짓말을 했을지도 몰라요. 그러나 선우 성향으로 볼 때 가능성은 높지 않아요."

"선우 성향이 어때서?"

"선우에 관한 이야기는 조금 뒤에 하고, 일단 동훈이 이야기를 마무리할게요. 물론 공모는 아니지만, 민아가 은근히 조장했을 가능성은 존재해요."

"그게 나는 더 의심이 가."

"이 경우 민아가 작심하고 신호를 보냈거나, 동훈이 제멋대로 해석했거나, 둘 중 하나죠. 그런데 둘 중 무엇이든 그날 화장실에서 문수와 대화를 나눈 뒤에 보인 반응을 볼 때 가능성이 희박해요. 동훈이는 우유부단해요. 자기 공부 방식조차 제대로 방향을 잡지 못해 반년 가까이 헤맬 만큼 결단력이 없어요. 민아에게 좋아한다는 말도 드러내놓지 못했어요. 그런 동훈이 범죄를 저지르기로 했다고 치면, 민아에게 확실히 다가가겠다는 결심이 섰다고 봐야 타당하죠. 고백까지는 아니더라도 민아에 대한 확신이 섰겠죠. 2주 넘게 범행을 계획했다면 결심이 더욱 굳어졌을 거예요. 그런데 제안이라기보다 경멸하는 의미로 문수가 던진 말에 고민하고 흔들렸어요. 결심이 섰다는 가정과 그런 태도는 서로 모순돼요."

"문수 말을 듣고 고민했다는 진술이 거짓일 수도 있잖아?"

"그렇죠. 가능성은 늘 있죠."

나는 일단 인정했다.

"범죄를 결심했다고 보이는 시점부터 사건 당일까지 동훈이 그 전과 다르게 민아를 대하는 행동이 보이던가요?"

"있었으면 여기서 너랑 이런 얘기도 안 했지."

김동연 형사가 입술을 찡그렸다.

"그러니까 가능성이 희박하다는 제 추론이 타당한 거죠. 무엇보다 동훈이는 이런 대범한 사건을 벌일 만큼 꼼꼼하거나 치밀하지 않아요. 동훈이는 자신이 재판을 받고, 감옥에 갇힐까 봐 두려움에 떨었어요. 결정도 잘 못하고 확신도 없어요. 이리저리 눈치 보고 남에게 휘둘리는 성향이에요. 그런데 이번 범죄는 치밀한 계획에 따라, 각 피해자 약점과 습관을 정확히 공략했어요. 그것도 수많은 감시망을 뚫고, 들키지 않게."

"동훈이답지 않네."

슬비가 말했다.

"동훈이가 그 정도 치밀한 범죄를 계획했다면 사건 발생 후 자신이 용의자가 되리라는 예상을 당연히 했겠죠. 문수가 당한 아나필락시스야 학원이 흐지부지 덮고 넘어가도 되지만, 재오 사건은 경찰이 개입할 만큼 큰 사건이니까요. 재오가 마실 물에 소듐을 넣어 폭발시키겠다는 계획을 세웠다면 죽음까지는 아니어도 재오가 크게 다치는 것까지는 예상했겠죠. 그런 범죄가 일어나면 당연히 경찰 조사가 시작될 것이고, 같은 방에서 생활하는 자신이 먼저 의심을 받을 걸 알겠죠. 용의자로 몰려도 빠져나갈 자신이 있던 걸까요? 그런 애가 처벌을 무서워하면서 형사님 앞에서 벌벌 떨어요? 전혀 납득이 가지 않아요."

김동연 형사는 수첩에 적바림을 또 했다.

"좋아. 가능성이 없지는 않지만 일단 동훈이는 제외하자. 그럼 선우는 어때? 선우는 대범하고, 지도력도 갖췄고, 철저한 편이잖아."

"실행할 능력만 놓고 따지면 선우가 동훈이보다 가능성이 크죠."

"나도 그렇게 판단했어. 조사를 받는데 전혀 주눅이 안 들었거든. 자신에게 조금만 불리한 상황이 나오면 증거가 없다는 점을 강조했고. 자꾸 다른 용의자들을 범인으로 몰면서도 자기는 떳떳하다고 강조하는 꼴이 치밀하고 똑똑한 범죄자들에게서 흔히 나타나는 행태였거든. 그래서 동훈이보다 선우가 더 의심스러웠어."

"실행할 수 있는 능력 면에서는 선우가 동훈이보다 낫지만, 범인일 가능성은 선우가 동훈이보다 낮다고 봐요."

"그래? 실행 능력이 뛰어나면 범인일 가능성도 큰 거 아니야?"

김동연 형사가 고개를 갸웃거렸다.

"선우는 철저히 자기중심으로 사고하고 행동해요. 자부심도 강하고 남보다 자신이 우월하다고 여기죠. 민아에 대해 말할 때, 앞뒤 상황을 모르고 들으면 무슨 왕자나 귀족이 자기 신붓감을 간택한다고 착각할 정도예요. 그만큼 오만해요. 반장이 돼서 하는 행위도 자신이 중심이 되고자 하는 성향이 반영된 거라고 봐요. 이성식 선생을 대하는 태도에서도 극명하게 드러나요. 이성식 선생이 필요하고 도움이 된다는 판단이 드니 처음부터 재오 못지않게 이성식 선생이 제시한 공부법을 따라요. 그렇지만 따르지 않아도 크게 문제 되지 않은 지점에서는 반항하는 척해요. 강하게 눌리면 반발하는 심리가 일기 마련인데 그걸 이용하는 거죠. 선우가 앞장서서 불만을 표현해주니 다른 사람들은 선우를 자신들 대변자로 여기죠. 물론 정말로 대변하지는 않아요. 선우는 그저 중심에 서서, 자기가 주목받고 싶을 따름이죠. 관종이란 평가도 그래서 나오는 거고."

"나도 조사를 하면서 그런 판단이 들기는 했어."

김동연 형사가 동의를 표했다.

"만약에 선우가 이 범죄를 계획했다면 어떻게 했을까요? 선우가 돼보는 거죠. 먼저 최대한 자신이 의심받는 상황을 만들지 않을 거예요. 그러려면 재오에게 발포비타민처럼 생긴 소듐 덩어리를 수요일 아침에 먹는 칸에 넣는 멍청한 계획은 짜지 않았겠죠."

"왜 그렇지?"

"문수가 쓰러진 사건은 화요일 저녁이었고, 재오는 수요일 아침에 당했어요. 두 사건이 잇달아 일어났기에 다들 자연스럽게 두 사건을 연결했어요. 만약 금요일이나 토요일 아침에 먹는 칸에 소듐 덩어리를 놓았다면?"

"용의자에서 완전히 벗어나지는 않겠지만 용의자 추적이 훨씬 복잡해졌겠지."

"맞아요. 재오 가방에 다양한 사람이 접근 가능한 상황을 일부러 만들어낼 수도 있죠. 그러면 용의자는 넓어지고 자신이 핵심 용의자로 지목될 가능성도 훨씬 낮아지겠죠. 또한 문수가 쓰러진 사건과 재오가 당한 사건이 분리되면서 두 사건이 한 사람에 의해 일어났다고 생각할 가능성도 작아지고."

"그러네."

"그런데 실제로 벌어진 사건은 정반대예요. 두 사건 모두 한 사람이 저지른 것이라고 생각하게 만들려고 애썼어요. 선우가 범인이라면 자신이 용의자로 몰리지 않게 최대한 머리를 쓸 텐데, 그 반대로 의심을 받도록 만들다니, 기묘하죠."

문수와 재오가 당한 사건이 별개가 아니라 하나로 보이게 만들려는 의도, 이 의도를 깔끔하게 그려낼 관계망이 필요했다. 내가 상상한 어떤 관계망도 이 의도를 설명해내지 못했다. 오직 피라미드 관계망만은 명쾌했다. 모든 게 딱 맞아떨어졌다.

"앞서도 말했지만, 선우는 민아와 공모하지 않았을 가능성이 커요.

왕자와 귀족은 자신이 낙점한 신붓감을 위해 그런 범죄를 저지르지 않아요. 자기만족을 위해서라면 모를까 신붓감에게 잘 보이려고 그런 짓을 하지는 않죠. 자신이 뛰어나다는 것, 나와 함께하면 주목받는 중심에 설 수 있다는 걸 과시하는 쪽을 택해요. 그게 선우죠."

"그렇다면 은근한 신호에 반응하지도 않았겠구나."

"선우는 그럴 필요가 없어요. 도리어 민아가 문수와 재오를 미워하는 상태가 유지되는 게 좋죠. 옆에 머물면서 맞장구도 쳐주고, 위로해주면 민아가 자신에게 쏠리게 되는데 왜 그런 위험을 감수하면서까지 그 두 사람에게 피해를 주려고 하겠어요. 그리고 자기중심성이 강한 사람은 웬만하면 위험을 감수 안 해요. 특히 이런 계획범죄는 최대한 자기 안전을 확보한 채 저지르려고 하겠죠."

"그렇지만."

슬비가 끼어들었다.

"선우가 이 정도면 충분히 자기 안전이 확보되었다고 판단했을 수도 있잖아. 또한 선우는 문수나 연규와도 사이가 안 좋았고, 재오도 싫어했어."

슬비가 날카롭게 허점을 파고들었다.

"당연히 그렇지. 내가 선우를 옆에서 오래 지켜본 건 아니라서 얼마나 치밀한지는 잘 모르니까. 또한 피해를 본 세 사람과 선우 사이가 매우 안 좋아서, 선우가 그들에게 쌓인 앙금 때문에 나쁜 짓을 벌일 동기도 충분하다고 봐. 나는 그들 사이에 숨겨진 관계까지 모두 알지는 못

하니까. 그 점은 인정."

내가 동의를 표하자 슬비가 빙그레 웃었다.

"그렇다면 선우가 여전히 용의자인 거지?"

김동연 형사가 물었다.

"아뇨. 제 생각엔 아니에요."

나는 단호히 부정했다.

"만약 선우가 범죄를 계획했다면 재오가 아니라 문수를 핵심 과녁으로 삼았겠죠. 선우가 재오를 싫어하긴 했지만 가장 싫어하는 대상은 문수거든요. 민아는 재오를 증오하지만, 선우는 재오가 싫으면서도 고마운 존재죠. 왜냐하면 재오 덕분에 문수가 민아에게서 떨어져 나갔으니까요. 선우는 문수와 경쟁 관계예요. 입시 목표도 갖고, 충돌도 잦았어요. 민아 때문에 문수가 더욱 싫었죠. 선우가 범인이라면 당연히 문수가 핵심 과녁이어야 해요. 그런데 이 사건에서 문수는 거쳐 가는 단계일 뿐이고 최종 과녁은 재오예요. 연규, 문수, 재오가 본 피해 정도와 공격을 기획한 치밀함을 고려하면 재오가 핵심 과녁임이 명백해요. 문수를 쓰러뜨린 목적도 재오 가방에 든 플라스틱 통에 소듐을 넣으려는 거였어요. 만약 문수가 과녁이었다면 범인은 매실가루가 담긴 통에 메밀을 최대한 많이 넣었겠죠."

"선우가 아니면 도대체 누구야? 민아도, 동훈이도 아니면, 결국 연규밖에 안 남잖아."

김동연 형사가 목소리를 높였다.

"연규는 숨겼죠. 자신에게는 사건을 벌일 기회가 없었던 것처럼."

"안 그래도 그 점을 집중하여 추궁했는데, 그냥 실수였다고 얼버무렸어. 기억이 잘 안 났다고. 의심은 가는데 그 정도로 범인이라고 단정하기는 어려웠어."

"둘 중 하나죠. 범인이거나 그만큼 치밀하지 못하거나. 다른 사람들을 조사하면 곧바로 드러날 수밖에 없는데도 숨겼으니까요."

"그렇다면 네 결론은 연규인 거네."

"가능성이 없지는 않죠. 일단 진술에 신뢰성이 떨어지니까. 주사기에 대해 몰랐다는 말도 믿기 어려워요. 정말 몰랐을까요? 문수가 늘 차고 다니고 식사할 때마다 확인하는데 같이 생활하면서 몰랐다면 주변 사람에게 아무런 관심이 없다는 건데……. 형사님이 전해준 정보에 따르면 연규는 주변 사람들 성향을 상세하게 파악하고 있어요. 한 달도 지나지 않았는데도 알 건 다 알면서 자신에게 불리한 주사기와 문수 지병에 관해서만 모른다면, 아무래도 거짓말일 가능성이 크죠."

"거짓말을 하는 자가 범인인데……."

김동연 형사가 손에 든 볼펜을 돌리다가 떨어뜨렸다. 볼펜이 탁자 위를 구르다가 멈췄다.

"저도 그렇게 생각했는데, 뭔가 앞뒤가 안 맞아요."

나는 물을 마시며 잠깐 생각을 정리했다.

"고소공포증 때문에 1층 침대로 바꾸고싶어 범죄를 저질렀을 가능성은 있어요. 아무렇지 않은 동기로도 범죄를 저지르는 세상이니 충분히 동기가 되죠. 문수가 없어지면 1층 침대를 차지하겠다고 단순하게 생각했을지도 몰라요. 문수는 아나필락시스를 두려워하는데 믿었던 이 학원에서 그런 일이 생기면 학원을 그만둘 수도 있으니까요. 그런데 상황 전개에 모순이 있어요. 단합대회를 찬성하는 쪽으로 갔다가 문수에게 잘 보이려고 의견을 바꾸는 게 이상해요. 바로 그 뒤에 문수와 선우가 충돌하고, 그때 연규에게 주사기를 훔칠 기회가 생겨요. 마침 그 뒤에 자신이 준비실도 가니 좋은 기회라고 여겼다는 말인데…….”

"잘 보이려고 애썼다가 바로 뒤에 해칠 계획을 세운 셈이군. 조금 무리한 설정이긴 하네.”

"무리한 설정이긴 하지만 그럴 수 있다고 쳐요. 사람이 꼭 일관되게 움직이지는 않으니까. 문제는 바로 재오예요. 연규가 범인이라면 재오에게 한 짓이 설명이 안 돼요. 연규는 재오에게 그리할 이유가 없었거든요. 만약 연규가 발포비타민을 바꿔치기했다면 둘 중 하나예요. 문수 주사기를 훔쳤을 때 동시에 했거나, 재오가 잠들었을 때 몰래 깨어서 저질렀겠죠. 어쨌든 연규는 문수가 쓰러졌을 때 자습실에 없었으니까요. 주사기를 훔쳤을 때 동시에 했다면 엄청 빠르게, 들킬 위험을 감수하고 감행했다는 뜻인데, 그런 위험을 감수할 만큼 재오를 미워했을까요? 까딱 잘못해서 들키면 큰 문제가 되는데? 재오가 잠들었을 때 했다면 주사기에 찔린 뒤에 그런 범죄를 계획했다는 뜻이 돼요. 그럴 만한 이유가 있을까요? 숨겨진 이유가 있을지도 모르지만 바로 그날 아침에 사고가 벌어지게 만든 건 아무리 치밀하지 못한 성향이라고 해도 어리석어요. 안 그래도 문수 때문에 다들 예민해져 있을 텐데, 떡 하니 또 사건을 저지르면 의심을 받을 게 뻔하잖아요. 그런 의심을 받을 걸 알면서도 일을 저지를 만큼 재오가 미웠을까요? 도대체 왜? 무엇보다 소듐을 가지고 들어올 기회는 2박 3일 휴가 때인데, 그 시점에는 연규가 재오를 특별히 미워할 만한 사건이 일어날 틈조차 없었어요."

"맞아. 현재까지 조사로는 그만한 위험부담을 감수하면서 재오를 미워할 만한 이유가 드러나지 않았어. 더 조사해보면 어떨지 모르지만."

"자꾸 가정을 하게 되는데, 문수와 재오를 공격한 범인이 한 명이 아니라 둘일 경우면 설명이 되긴 해요. 문수가 쓰러지는 걸 보고 불특정한 범인이 기회는 이때다 싶어서 재오 플라스틱 통에 몰래 소듐을 넣었을 수 있죠."

"그렇게 되면 용의자를 확 넓혀야 해. 자습실 CCTV가 문수만 찍느라 다른 움직임은 거의 다 놓쳤거든. 그러면 정말 대책이 없어."

"일단 범인이 둘일 가능성은 별도로 남겨두고, 범인이 둘이라는 가정에서 연규가 범인일 가능성도 검토해보죠. 재오가 당한 사건을 고려하지 않으면, 연규가 범인일 가능성은 꽤 높아진 듯 보여요."

"네 말투는 전혀 그렇지 않게 느껴지는데……."

김동연 형사는 다시 볼펜을 돌렸다. 이번에는 떨어지지 않고 부드럽게 돌았다. 볼펜이 손가락 사이를 자유자재로 움직였다. 도대체 저 현

소년 프로파일러와 기숙학원 테러사건

란한 볼펜 돌리기는 어떻게 하는 걸까? 나중에 배워야겠다.

"눈치 빠르시네요."

"왜 그렇지?"

"주사기 때문이죠."

"왜지? 나는 바로 그 때문에 연규가 범인일지 모른다고 의심하는데."

"물론 연규가 훔쳤을 가능성이 없지는 않아요. 용의자 가운데 주사기가 간호사실에 있는지 모르는 유일한 사람이 연규일 테니까요. 문수주사기만 훔치면 아나필락시스가 왔을 때 응급처방을 못 하고, 그러면 기숙학원까지 응급차가 오는 데 시간이 오래 걸리고, 문수는 더 위험해지고, 원하는 목적을 더 빨리 이룰 거라고 계산했을 가능성은 있어요."

"생각해보니 그러네! 그럼, 범인일 가능성이 가장 크잖아!"

김동연 형사가 반색했다. 칠흑 같은 어둠에서 한 줄기 빛을 발견한 조난자 같았다.

"가만, 조금 전에는 그게 연규가 아니라는 근거라며?"

밝은 빛은 삽시간에 사그라졌다.

"연규가 자기 목적을 이루기 위해서는 주사기를 훔칠 필요가 없거든요."

"그게 무슨 말이야? 필요가 없다니?"

다시 김동연 형사 주변에 어둠이 짙게 내려앉았다.

"아, 그러네."

슬비가 손뼉을 쳤다.

"문수 성향이 싫은 건 중요한 동기가 아닐 거야. 연규 성향을 감안할 때 꼴 보기 싫은 상대를 한두 번 만난 게 아닐 테니, 그걸로 범죄를 저지를 동기는 안 돼. 그랬다면 중·고등학생 시절에 이미 무수하게 사고를 치고 살았을 거야. 그렇다면 1층 침대를 얻는 게 가장 주된 동기야. 고소공포증 때문에라도 꼭 1층으로 가고 싶겠지. 그러려면 문수가 학원에서 나가거나, 다른 방으로 옮겨야 해. 다른 방으로 옮기게 만드는 건 쉽지 않지만, 학원에서 나가게 하는 방법은 간단해. 바로 문수 부모님을 불안하게 하는 거야. 문수 부모님은 학원을 믿고 아들을 이곳에 보냈어. 그런데 아들이 아나필락시스를 겪으면 당장 학원에서 빼내려고 할 거야. 그러니까 주사기를 훔칠 까닭이 없어. 도리어 주사기를 훔치면 누군가 범죄를 저질렀다고 의심을 받을 테고, 그건 학원 잘못이 아니게 되잖아. 범죄가 아니라 학원이 관리를 잘못한 것처럼 만들어야 연규로서는 자기 목적을 이루는 데 더 도움이 돼."

슬비가 내가 하려던 추론을 정확하게 짚어주었다.

"아! 그렇구나!"

김동연 형사가 얼굴을 두 손으로 감싸 쥐더니 깍지를 꼈다.

"또다시 미궁이구나. 잠깐!"

김동연 형사가 입을 크게 벌렸다가 다물었다.

"설마 연규가 민아를……."

"그건 너무 나갔어요. 그건 추론이 아니라 상상이죠."

나는 입을 꾹 다물고 피식 웃었다.

"그럼 대체 누구야. 강력한 용의자 네 명이 전부 범인이 아니면, 도대체 누구냐고?"

또다시 김동연 형사가 목소리를 높였다. 답답함이 가득 묻어나는 목소리였다. 이제 내가 만든 피라미드를 보여줄 차례였다.

나는 김동연 형사에게 수첩을 달라고 한 다음, 피라미드를 그렸다. 밑면 사각형, 네 꼭지에 반항아, 방랑자, 이기주의자, 배신자를 각각 적었다. 사각형 중심에는 '열혈신도', 꼭짓점에는 '교주'를 썼다. 붉은색으로 열혈신도에 동그라미를 친 뒤에 물었다.

"교주에 무조건 충성하는 열혈신도는 자신을 둘러싼 이 네 명 가운데 어떤 이를 가장 증오할까요?"

김동연 형사는 선뜻 대답을 못 했는데, 슬비가 아무렇지 않게 대답했다.

"배신자!"

"왜 배신자라고 생각해?"

"내 생각엔 당연한데……. 믿었던 친구에게 배신을 당하면 짜증이 나고, 더 세게 갚아주고 싶잖아. 꿈에서 엄마도……."

슬비는 더 말하려다 멈추었다. 입술을 꾹 깨물었고, 얼굴이 살짝 일그러졌다.

"나도 동의."

김동연 형사가 말했다.

"반항아는 확실히 제압하거나 설득해서 끌고 와야 할 대상이고, 방랑자는 더는 흔들리지 않도록 붙잡을 대상이니 둘 다 증오와는 거리가 멀어. 물론 반항이 심하면 증오할 수도 있지만, 배신자보다는 덜 하지. 이기주의자는 이미 교주를 따르는 자이기에 설득하지 않아도 될 거야. 다만 자기 이익만 생각하니 혹시 모를 배신을 경계하겠지만."

내가 기대한 답변이었다.

"아니면 깔보겠지."

슬비가 덧붙였다.

"그래, 맞아! 열혈신도가 보기에 이기주의자는 믿음이 순수하지 못하니까."

내 생각과 정확히 일치하는 답변이었다.

"그런데 이 피라미드가 범인과 무슨 상관이야?"

나는 피라미드 꼭지에 사건과 관련된 이름을 연결했다. 반항아 옆에 연규, 방랑자 옆에 동훈, 이기주의자 옆에 선우, 배신자 옆에 재오를 각각 적고, 꼭짓점에는 이성식이라고 썼다.

"밑면 가운데 자리, 열혈신도에 적당한 사람을 넣어보세요. 누굴까요?"

그곳에 들어갈 사람은 한 명밖에 없었다.

"뻔하잖아."

김동연 형사가 이맛살을 찌푸렸다.

"맞아요. 뻔하죠."

"말도 안 돼!"

김동연 형사가 내 앞에 놓인 수첩을 확 잡아채더니 뚫어져라 피라미드를 노려봤다.

"저는 말이 된다고 봐요."

"그럴 리 없어."

"완벽한 피라미드예요."

"어디까지나 피라미드 틀에 맞췄을 때 그럴싸할 뿐이야."

"아뇨! 사건 전개 상황, 정황 증거, 증언, 프로파일링 등 모든 게 이 한 사람을 가리켜요."

나는 붉은 동그라미 옆에 빨간색으로 이름을 썼다.

'문수'

김동연 형사는 그 이름을 노려보더니, 물을 벌컥벌컥 마셨다.

"세 명은 알겠어. 그렇다고 쳐. 그런데 왜 재오가 배신자야. 문수가 위급 상황에 빠졌을 때 누구보다 걱정하고, 최선을 다했어."

"재오는 배신하지 않았어요. 자신이 배신했다고 여기지도 않았고."

"그럼 뭐야?"

김동연 형사는 약간 예민해진 듯했다.

"시점을 열혈신도로 바꿔놓으면, 재오는 배신자예요."

"문수가 재오를 삐딱하게 봤다는 거잖아? 그렇게 판단한 근거라도 있어?"

"자야 할 시간에 몰래 공부했잖아요."

"겨우 그거 하나?"

김동연 형사가 허탈하게 웃었다.

"겨우 하나가 아니죠. 교리 위반이니까요. 밤 1시에 자서 6시에 일어나는 것은 중요한 교리에요. 교리 위반은 심각한 배신이죠."

"비약으로 보이는데……."

"가벼운 사안이었으면 그다음 날 문수가 재오와 그렇게 심하게 다투지는 않았겠죠. 시연이 했던 증언을 다시 떠올려보세요. 단순히 정해진 수면시간에 공부를 더 하느냐, 마느냐 하는 사소한 갈등이 아니었어요. 절대 지존에 대한 믿음을 유지하느냐 마느냐 하는 심각한 갈등 상황이었다고요."

"좋아, 그렇다고 쳐. 그렇지만 겨우 그거 하나로……."

김동연 형사는 '겨우 그거 하나'란 말을 되풀이했다.

"정말 그거 하나일까요?"

"……?"

"둘 다 유서를 썼어요. 문수는 품에 넣고 다녔고, 재오가 쓴 유서는 옷장에서 발견됐어요. 아마 재오도 처음에는 유서를 품에 넣고 다녔을 거예요. 어느 시점에 유서를 옷장에 넣었다면, 이미 변심했다는 증거죠. 그걸 문수는 알았을 테고."

"그거야 조사하면 알겠지."

"그날만 해도 재오는 3시 이후 수업할 때 문수와 달리 자습했어요. 그게 학원, 아니 이성식 선생이 하라는 방식이었을까요? 아마 아니었을걸요. 그 외에도 더 많은 위반 사례가 있을 거로 생각해요. 형사님도, 증언자도, 학원도 그걸 별로 염두에 두지 않아서 드러나지 않았을 뿐이죠."

"그것도 조사해보면 되겠지. 네 말이 맞다고 쳐. 문수가 재오를 배신자로 여겼다고 치자고. 사이비 종교에서는 열혈신도가 배신자를 징벌하기도 하니 그렇다고 치자. 그렇지만 이 사건은 종교시설이 아니라 재수생들이 공부하는 기숙학원에서 벌어진 사건이야. 학원과 사이비 종교는 달라."

나는 느릿하게 고개를 저었다. 내가 보기에는 그 기숙학원과 사이비 종교는 겉모습만 다를 뿐 유전자가 같은 복제품이었다.

"형사님은 이성식 선생이 한 말을 아직 이해 못 했어요."

"뭘 이해 못 했다는 거야?"

"이성식 선생이 물었죠. 너희는 수능이 무엇인지 아냐고. 형사님은 수능이 무엇인지 아시나요?"

김동연 형사는 다시 이맛살을 찌푸렸다.

"수능이 무엇이죠?"

"시험이지. 대학에 들어가기 위한 시험!"

나는 피식 웃었다.

"그건 형사님 답변이죠."

"신성불가침!"

슬비가 말했다.

"그래 맞아. 신성불가침!"

나는 슬비에게 밝은 웃음을 건넸다.

"신성불가침은 종교용어죠."

"그렇다고 수능이 종교는 아니야."

"맞아요. 종교는 아니죠."

"내 말이……."

김동연 형사가 두 팔을 들었다가 놓았다.

나는 어깨를 으쓱하고 말았다.

"수능은 종교가 아니죠."

나는 그다음 말에 힘을 주었다.

"그 자체가 신이죠."

김동연 형사가 눈을 치켜떴다.

"수능은 신이에요. 신성불가침인 신! 그리고 그 신성불가침한 신을 모시는 종교는 우리 사회에서 가장 강력해요. 수능이라는 신에게 다가서기 위한 종파는 엄청나게 많아요. 그 가운데 한 종파를 이끄는 이가 이성식이고, 열혈신도는 문수죠. 문수만 열혈신도일까요? 희수도 이성식 선생을 무조건 신뢰해요. 만약 심리학자나 프로파일러가 조사를

했다면 교주를 따르는 신도들과 이성식 선생을 따르는 학생들 심리가
비슷하다는 걸 어렵지 않게 밝혀냈을 거예요."

"아니야. 그건 어디까지나 비유지 사실이 아니야. 너는 문학이나 사
회비평을 하고 있어. 우리는 범인을 잡아야 해. 문학으로 비유를 하거
나, 사회비평을 하는 게 목표는 아니야."

"문학도 아니고, 사회비평도 아니에요. 현실이죠."

"그렇지 않아. 달라."

내가 아무리 설명해도 김동연 형사는 내 말을 받아들이려고 하지 않
았다. 대화가 끊겼다. 무거운 침묵이 얼음물을 녹였다.

"불안은……."

슬비가 침묵을 깼다.

"불안은 영혼을 잠식해요."

낮고 가는 소리가 검은 안개를 뚫고 부들부들 떨면서 빛을 향해 달
려 나온 듯했다. 슬비는 왼손으로 오른 팔뚝이 빨개지도록 쓸어댔다.
불안과 두려움이 올라올 때마다 슬비가 습관처럼 하는 몸짓이었다. 슬
비가 겪은 아픔이 떠올라 가슴이 아팠다. 나는 슬비 왼손을 잡고 힘을
주었다. 두려움에 떠는 여린 눈동자에 슬픔이 맺혔다.

"극도의 불안감은 이성을 상실하고, 평상시에는 상상도 못 했던 일
을 아무렇지 않게 저지르죠. 영혼이 불안에 먹히면 무슨 짓이든 벌여
요. 불안이 없다면 그 거대하고 기묘한 기숙학원도 존재하지 않았겠
죠."

나는 감정을 빼낸 채 빠르게 말했다.

"문수가 불안에 먹혔다……, 불안에……."

슬비가 걱정이 되어 빨리 화제를 전환하고 싶은데, 김동연 형사는 의문이 해소되지 않았는지 계속 같은 의문에 머물렀다.

"문수가 왜 바뀌었을까요? 왜 자기가 하던 방식과 신념을 갑자기 버리고 재오와 똑같은 길을 걸었을까요? 자기 됨됨이와 맞지 않은 길을 왜 가려고 했을까요? 답은 시연과 민아 증언에서 실마리가 보여요. 민아가 그랬잖아요. 문수가 늘 재오를 눈여겨봤다고. 아닌 척하면서도 지켜봤다고. 재오가 이룬 성취는 문수에게 알게 모르게 자극을 가했을 거예요. 시연이 증언한 바에 따르면 문수는 단체학습에서 특별한 경험을 해요. 재오가 하는 대로, 아니 이성식 선생이 하라는 대로 했더니 갑자기 자기를 가로막았던 거대한 벽을 넘어선 특별한 성취를 맛봐요. 겉으로는 아닌 척했지만, 입시가 어찌 될지 모르는 불안감이 일시에 해소되는 카타르시스를 맛본 거죠. 고체가 기체로 갑작스럽게 승화하는 현상과 같은 경험이다 보니, 의식 깊이 각인이 됐을 정도였죠. 어쩌면 신앙 체험과 비슷했을지도 몰라요."

"기껏해야 평소에 잘 안 풀리던 문제를 어쩌다 잘 풀었을 뿐이었잖아. 그게 어떻게 신앙 체험과 같아? 그게 납득이 안 가."

"그건 형사님 눈으로, 외부인 시선으로 보니 그렇죠."

"좋아, 그건 그렇다고 치자. 재오를 배신자로 판단했다는 가정도 그렇다고 하자. 그렇다고 해서 징벌하겠다는 생각까지 나아간다니, 그게 가능할까?"

"과거에 독립운동했던 사람 가운데 친일파로 전향한 뒤에 그 어떤 친일파보다 악독하게 한 자들이 꽤 돼요. 사이비 종교를 반대하다 포섭이 되면 기존 신도보다 광신도가 돼요. 사귀다가 사이가 틀어져서 헤어지면 그 어떤 이보다 더 심하게 그 상대를 미워하고, 험담을 늘어놔요. 기묘한 현상이지만 엄연한 사실이죠. 무엇보다 문수는 입시 성공을 위해 자기 생활방식, 사고방식까지도 바꿨어요. 대단한 결심이었죠. 이성식 선생을 따르면 반드시 성공한다는 믿음으로 따랐어요. 그 믿음을 흔드는 행위는 용납하기 힘들죠. 방황하거나 반항하는 이는 무시해도 돼요. 이기주의자는 비웃어주면 돼요. 그러나 배신자는 용납하기 힘들죠. 더구나 그 배신자가 자신을 열혈신도가 되게 하는 데 핵심 역할을 한 사람이라면 더욱더 용납하기 힘들어요. 건강한 종교는 삶에 희망을 주고 숭고한 희생도 끌어내지만, 삐뚤어진 종교는 일반인은 엄두도 못 내는 괴상하고 잔인한 짓을 아무렇지 않게 저지르게 만들죠."

나는 그 시점에서 일단 말을 멈췄다. 김동연 형사는 느릿하게 숨을 들이마시고 내쉬며 곰곰이 생각에 잠겼다. 침묵에 잠긴 시간이 흘렀다. 나는 다시 슬비 손을 잡아주었다. 떨림과 냉기가 가시고 부드러운 온기가 손바닥으로 전해졌다.

김동연 형사는 실바람에 어린 나뭇가지가 흔들리듯 천천히 고개를 움직이더니 자세를 고쳐 앉았다.

"이 사건을 계속 종교로 설명하는 방식이 적절하다고 보이진 않지만, 설명은 그럴듯해. 그렇지만…….”

‘그렇지만’ 발음이 불안하게 흔들렸다.

“심리가 그렇다는 설명으로는 문수를 범인으로 특정하지 못해.”

“당연하죠. 프로파일링은 범인을 추정할 뿐 직접 증명하지는 않으니까. 그렇지만!”

나는 ‘그렇지만’을 명확하게 발음했다.

“프로파일링은 초점 조절과 비슷하다고 생각해요. 현재 수사는 기숙학원 CCTV와 비슷한 문제에 직면했어요. 관리자가 중요하다고 판단한 곳에 카메라를 집중시키느라 그 외 공간과 사람은 놓쳐버렸죠. 카메라가 찍지 못한 곳으로 진실이 숨어들었어요. 문수는 카메라 밖에 있었죠. 용의자에서 벗어나기, 범죄자에겐 핵심 과제죠. 제 프로파일링은 문수에게 카메라 초점을 맞추라는 뜻이에요.”

“문수 주변을 조사하면 증거가 나올 거라고 확신해?”

“물론이죠. 문수에게 초점을 맞추면 그동안 수사를 하면서 간과했던 부분들이 드러날 거예요. 이제까지 민아를 빼고는 소듐과 얽힌 사람이 한 명도 나타나지 않았어요. 2박 3일 외출하는 동안 용의자와 주변인들 행적을 샅샅이 조사했지만, 메밀가루를 가져왔을 만한 흔적도 전혀 드러나지 않았죠. 문수를 조사하면 뭔가 나올 거라고 봐요. 쉽지는 않겠죠. 혹시나 하는 마음으로 최대한 꼼꼼하게 준비했을 테니까. 그렇지만 샅샅이 뒤지면 꼬투리가 잡힐 거예요. 자신이 피해자 위치에서 벗어났다는 기본 인식 하에 범죄를 준비했기에 작은 방심이나 실수를 저질렀을 가능성이 커요."

"끙~~~."

김동연 형사가 신음을 흘렸다.

"왜 문수가 용의선상에서 빠졌을까요? 잘 생각해 보세요. 이유는 간단해요. 문수가 쓰러진 바로 다음 날 재오가 당했기 때문이죠. 모두 두 사건이 한 범인에 의해 일어났다고 단정했어요. 피해자인 문수가 재오를 해친 범인일 거라고는 상상도 못 했죠."

"선우를 용의자에서 뺀 이유가 반대로 문수를 용의선상에 올린 이유가 되는구나."

드디어 김동연 형사에게서 생각이 바뀌는 조짐이 나타났다.

"그것 말고도 세 가지가 더 있어요."

"세 가지씩이나?"

"첫째, 사건이 벌어지고 유일하게 이득을 본 사람은 문수이기 때문이죠. 피라미드 아래쪽 꼭짓점에 있는 넷은 모두 피해를 입었어요. 물론 민아도 문수 삶에서 제외됐죠. 문수를 해쳤다는 의심을 받는데 더는 문수에게 미련을 두기 어렵죠. 평소에 거슬렸던 모든 것이 사라졌어요. 문수는 사건이 벌어진 곳, 더구나 자신을 해친 범인이 그대로인 학원에 아무렇지 않게 돌아와서 생활해요. 아무리 입시 성공을 위해 다른 선택지가 없다고 해도 태평하게 기숙학원 생활을 할 수 있을까요?"

"그럴싸해. 그렇지만 추론일 뿐이야."

"둘째, 음료수통을 엎은 사건이죠. 다들 그게 자연스러운 사건이었다고 했어요. 그러면서 얼마 전에도 비슷한 일이 벌어졌다고 했죠. 그런데 얼마 전에 벌어진 사건도 문수가 끼어 있었어요. 연습이었을까요? 아니면 그런 일이 언제든 벌어질 만하다는 인식을 심어주기 위함이었을까요? 아마 둘 다였겠죠. 음료수통을 엎은 시점도 묘해요. 그건 눈여겨보라고 저지른 사건이에요. 사실 그 일은 저지르지 않아도 됐어요. 그냥 음료수를 마셔도 아나필락시스에 빠지는 쇼는 벌일 수 있었어요. 그렇지만 문수는 굳이 음료수병을 엎었죠. 그건 그 사건을 주목하라는 뜻이고, 더욱 중요하게는 바로 그날 간식을 받으러 간 사람들, 더 정확하게는 창고에 들어간 세 명을 주목하라는 신호였죠."

"역시 그럴싸해. 그렇지만 그것도 추론일 뿐 증거는 없어."

나는 답변하지 않고 설명을 이어나갔다.

"셋째, 남은 간식을 넘겨준 행위에는 의도가 있었어요. 남은 간식을 204호에 왜 줬을까요? 조금이라도 더 가져오려고 훔치기까지 하면서. 그건 너희들도 그리하라는 신호죠. 204호가 동참하면 당연히 선우가 주도하겠죠. 선우가 준비실에 가는 날, 어떻게 하는지도 확인했을 거예요. 준비실에 들어가는 모습이 찍힌 CCTV도 다시 확인해보세요. 2박 3일 외출에서 다녀온 뒤부터 203호에서 두 명씩 준비실에 들어갔을 거예요. 그리고 204호에서 신우가 가는 날과 문수가 겹친 날이 분명히 있을 거고……. 두 방이 교대로 갔을 텐데, 처음에는 문수가 선우와 순서를 맞추다가 어느 시점에 엇갈리게 했을 거예요. 그건 CCTV로도 확인할 수 있고, 203호 연규나 동훈이에게 물어보면 알겠죠. 또 하나, 203호에서 두 명씩 가자는 제안을 처음 한 사람도 문수일 거예요."

"그건 조사하면 나오겠지."

"제가 예상하건대 문수는 그날만 메밀을 넣지는 않았을 거예요. 선우가 창고에 들어간 걸 확인한 날부터 꾸준히 시도했을 거예요. 그러면서 끈질기게 기회를 엿봤겠죠."

"음료를 마시면 아나필락시스가 오는데?"

"어차피 자기만 안 마시면 아무도 몰라요. 그러니 CCTV를 다시 자세히 보세요. 아마 특정 시점부터 음료수와 관련해 어떤 변화나 특이한 행동이 찍혔을지도 모르니까."

"좋아. 그것도 조사해봐야겠네. 그런데 문수가 도대체 언제 주사기를 바꿔치기했을까? 그럴 기회가 있었나?"

"동훈이와 연규가 준비실에 갔을 때 재오는 휴게실에 음료수를 받으러 갔다 왔다면서요."

"그랬나?"

김동연 형사가 고개를 갸웃거렸다.

"CCTV를 확인해보세요."

"사실이라면 먼저 재오 가방 속 플라스틱 통에 소듐을 넣고, 연규 필통에 주사기를 넣었겠네. 둘 다 자리를 비운 시간은 그때밖에 없었으니까. 보드마카를 주사기 가방에 넣거나, 베갯잇에 주사기를 설치하는 것은 음료수통이 엎어지고 바지를 갈아입으러 왔을 때 여유롭게 했을 테고. 네 말이 맞다면 베갯잇에 설치한 주사기는 문수가 아니라 연규를 노린 거였네. 연규가 평소에 1층 침대를 간절히 원했으니 자신이 없을 때 누울 거라고 예상하고."

"평소 연규가 반항한 것에 대한 가벼운 징벌인 셈이죠."

"한 가지 더, 나 같으면 범인을 딱 찍어서 의심을 받도록 메밀가루를 놓아두었을 텐데, 왜 안 그랬을까?"

"그리하면 한 사람을 범인으로 만들기는 쉽지만 그 반대 위험도 감수해야 하거든요. 만약 경찰이 그 사람을 집중 조사했는데 범인이라는 증거가 확실하게 나오지 않으면 혹시 누가 뒤집어씌우지는 않았는지 의심하게 돼요. 그럴 때 문수 자신도 의심받을 가능성이 생기죠. 문수 처지에서는 용의자는 명확한데 범인은 특정하기 어렵게 되는 상황이 가장 좋아요. 사건은 미궁에 빠지고 자신은 전혀 의심을 받지 않으니까."

김동연 형사는 수첩에 꼼꼼하게 적바림을 했다. 조사할 목록이 길게 늘어졌다. 다 정리한 뒤 수첩을 품에 넣었다.

"조사는 해보겠지만 나는 아직도 믿기지 않아. 여러 번 아나필락시스에 빠졌고, 목숨을 잃을 뻔한 위기도 겪었는데……."

"그래서 미량을 넣었잖아요."

"그렇다 해도 지나치게 위험한 보험이야. 자신은 미량이라고 판단했지만 잘못돼서 치명상을 입을지도 모르잖아. 그런 걱정은 안 했을까?"

"경험해 봤잖아요. 미량에 노출되면 자가주사기로 충분히 진정할 수 있다는 걸."

"그렇다 해도 아나필락시스가 예상치 않은 강도로 올 가능성은 늘 있어."

솔직히 나도 김동연 형사 말에 동의한다. 평범한 사람이었다면, 아니 평범한 상황이었다면 절대 그런 미친 모험에 자신을 내던질 리 없다.

"광신도는 교시를 잘 따르죠."

"교시?"

"교주가 내린 가르침이 교시잖아요. 큰 승리를 원하면 큰 대가를 지불해라, 승기를 잡았으면 상대를 무자비하게 짓밟아라, 싸우기 전에 승리하라!"

김동연 형사가 놀라며 입을 벌렸다.

"문수가 자습실 책상에 붙여놓은 글귀잖아. 이성식 선생이 한 말이라고……."

"문수는 가르침대로 했어요. 자기 몸을 대가로 지불하고 승리를 노렸고, 기회를 잡자 무자비하게 짓밟았고, 자신은 용의자에서 빠진 채 승리하는 싸움을 벌였어요."

"이런……."

김동연 형사는 입을 벌린 채 가늘게 떨리는 숨을 내뱉었다.

"네 말이 다 맞다면……, 이건……."

뒷말을 덧붙일 줄 알았는데 더는 아무 말도 하지 않았다. 긴 시간 김동연 형사는 그렇게 어두침침한 침묵 속에서 씁쓸한 현실을 곱씹었다. 그날 밤 대화는 그렇게 끝났다. 나는 김동연 형사를 혼자 두고 슬비와 자리를 피했다.

* *

보름 뒤, 김동연 형사에게서 연락이 왔다. 김동연 형사는 내 예측이 모두 사실로 확인되었다는 소식을 전해주었다. 재오가 유서를 품고 다니다 옷장에 넣은 걸 문수가 알고 크게 실망했다는 것이 확인되었다. 그날 연규와 동훈이 준비실에 간식을 받으러 가고, 재오가 휴게실에 들렀을 때 문수만 203호에 홀로 2분 정도 머문 것도 확인이 되었다. 짝을 지어서 간식을 받으러 간 뒤 창고에 몰래 들어가 훔치자고 먼저 제안한 사람도 문수였다. 준비실에 둘이 간 시점, 선우와 문수가 준비실에 겹쳐 들어가다가 날짜가 바뀌었을 거라는 내 예측도 모두 맞아떨어졌다. 기숙학원 CCTV를 샅샅이 뒤지고 분석한 끝에 문수가 그 사건 5일 전과 3일 전에 매실 음료를 전혀 마시지 않았다는 증거가 포착되었다. 다른 날은 매실 음료를 마시지 않았다는 증거를 발견하지 못했지만 그리했으리라는 추론은 충분히 가능했다.

소듐과 연결된 고리도 드러났다. 문수가 중학교 다닐 때 학교 과학실에서 몇 가지 물품이 도난당하는 사건이 벌어졌다. 그때 도둑으로 의심받은 학생 가운데 한 명이 문수였지만, 관계자들이 다 함구하는 바람에 범인이 잡히지 않은 채 끝났다고 한다. 문수 집을 압수 수색한 경찰은 소듐을 찾아내지 못했지만, 당시에 도난당한 실험 물품 몇 개를 찾아냈다.

메밀을 사들인 증거도 드러났다. 휴가 때 문수가 얼굴을 가린 채 집을 나서는 모습이 아파트 CCTV에 찍혔는데, 두 시간 뒤에 돌아왔다. 그 점을 수상히 여긴 경찰은 그 두 시간 동안 문수가 어디에 갔는지 찾기 위해 온갖 CCTV를 샅샅이 뒤졌다. 일주일 고생 끝에 경찰은 걸어서 50분쯤 걸리는 한 상점에서 현금으로 메밀가루를 사는 문수를 찾아냈다. 문수는 갖은 변명을 늘어놓았지만, 자기 생명을 위협하는 메밀을 사들인 까닭을 제대로 설명해내지 못했다.

경찰은 문수를 범인으로 특정했고, 구속영장을 신청했다.

"이상한 점이 뭔지 알아?"

어둡고 묵직한 전파가 귓가에 울렸다.

"범행동기를 물었는데, 스스로 왜 그랬는지 명확하게 설명하지 못한다는 거야. 놀랍도록 치밀한 계획을 세우고, 대담하게 범행을 저질렀는데, 자기가 왜 그런 짓을 벌였는지 그 이유를 정확히 모르겠다니⋯⋯."

김동연 형사는 이상하다고 했지만 내가 보기에는 그리 이상하지 않았다. 자신이 왜 그런지 모르고 행동하는 경우는 흔하기 때문이다. 수많은 이들이 왜 그런지도 모른 채 욕망하고, 미워하고, 다투고, 질투하지 않는가? 어쩌면 문수는 자기 행위가 얼마나 나쁜지 제대로 인식하

지 못한 채 범죄를 저질렀을지도 모른다. 자신들이 무슨 짓을 저지르
는지도 모른 채 힘없는 어린이와 청소년들에게 무한경쟁을 시키는 어
른들처럼!

"정말……."

김동연 형사 목소리가 떨리는 느낌이 들었다.

"불안이 문수 영혼을 잠식해버린 걸까?"